HARAS DE FEMMES

Du même auteur

Aux Éditions Le Serpent à Plumes

Sommeil du mimosa, suivi de *Sonates des loups,*
romans, coll. Motifs n° 91, 2000
La Razzia, roman, 2000
La Soumission, roman, coll. Motifs n° 122. 2001

Amin Zaoui

HARAS DE FEMMES

Roman

LE SERPENT A PLUMES

N° ISBN : 2-84261-275-2

LE SERPENT A PLUMES

20, rue des Petits-Champs – 75002 Paris
http://www.serpentaplumes.com

À mon premier maître :
ma mère Hajja Rabha

La femme n'est qu'une démangeaison désopilante et délassante. Plus tu la grattes, plus elle t'irrite. Et plus elle t'irrite et plus tu la grattes… Et c'est justement dans cette irritation que sommeille sa fascination, son attrait et son ensorcellement.

Sonate I
EUNUQUES

ثلاثة تفسد الصلاة إذا اعترضت بين
المصلي والكعبة : كلب وحمار وامرأة
حديث نبوي

Trois choses infectent la prière
dès qu'elles séparent le prieur de la Kaaba :
un chien, un âne ou une femme.
LE PROPHÈTE MOHAMMED

J'avoue ! Je sors ma langue de sa boîte et je relate. Je pleus !

Ainsi donc, c'était cela :

Il ne jura que sur la tête de son cheval, il était comme ça, mon grand-père !

L'homme qui a tout vu !

Moi aussi je m'appelle Hager. Nombreuses sont les filles de mon âge, ou celles qui sont moins ou plus jeunes que moi, et qui portent ce nom, dans nos ksour, nos douars et dans les villes sauvages où je n'ai jamais mis les pieds jusqu'à l'âge de la nubilité – l'âge de ma première expérience avec la menstruation.

Bien que je sois, et cela depuis le septième jour de ma naissance, ensevelie et pour toute la vie dans ce prénom dégageant autour de moi une odeur de mort ou d'errance, ou quelque chose de semblable. Ma mère, et par jalousie bouillante et braisière, m'appelle Jazia. Les mortes, par leur sang froid, par leurs silences, sont capables de réveiller et de rallumer le feu de la jalousie bleue dans le cœur des vivantes.

On clapotait, on racontait à celui qui veut entendre – Dieu seul détient la vérité, toute la vérité brillante et bruyante, comme il détient, sur ses épaules, le ciel qui nous couve – que mon père était tombé amoureux d'une jeune femme appelée Hager, une autre. Le parfum de leur histoire d'amour avait fait le tour de tous les campements. Une histoire qui habitait toutes les langues, métamorphosée perpétuellement par tous les enfants des tribus avoisinantes. Mon père m'avait donné le nom de sa bien-aimée. Il était romantique ce papa ! Il m'avait choisi le nom d'une femme qu'il n'avait jamais vue, qu'il n'avait jamais rencontrée. Il est fou ce papa ! Il ne se contentait que de lire et relire, lire et relire, en hiver comme en été, cela durait depuis trente-cinq ans, peut-être un peu plus, un long poème composé d'une centaine de vers, écrit pour elle, pour Hager, une forme d'éloge à sa beauté, à son corps, à son attrait et à son ensorcellement.

Quelques mauvaises langues affirmaient que c'était mon père qui avait écrit ce beau poème d'amour. Et parce que cela est écrit noir sur blanc sur notre arbre généalogique, qui depuis n'a jamais quitté son cadre doré accroché au mur de la seule mosquée du ksar construite par mon arrière-grand-père et à son compte – mon père était le descendant d'une tribu des Chorfa, les arrière-arrière-petits-fils du Prophète –, il lui était interdit de dire une telle poésie, une telle hérésie : Dieu a dit : « Quant aux poètes, ne les suivent que les fourvoyés. Ne vois-tu pas qu'ils brament dans toute vallée. Et qu'ils disent ce qu'ils ne font pas ? » (Le Coran.)

Mais Dieu seul détient la vérité, toute la vérité brillante et bruyante.

Le jour de ma venue dans cette vie, sur cette terre de sable, de chevaux et du mot, située à sept mille kilomètres au sud-ouest de La Mecque, ce jour-là était comme une foudre pour ma mère Balkiss. Ce beau nom, la grande reine de Saba, amante de Salomon, l'avait déjà porté. Un jour de malédiction. Je n'ai choisi ni mon jour de naissance, ni mon nom, ni mon chemin, ni même ma mère d'ailleurs. Je n'y suis pour rien ! Un rien sur rien.

Une fois la nouvelle de ma naissance tombée dans son oreille, sifflée par le serpent, ma grand-mère, mon père, l'air abattu, taciturne et triste comme en deuil, ne tarda pas à frapper les sept coups maudits sur la loge de Balkiss, entourée encore par quelques femmes qui ne cessaient de pleurer ma naissance, sangloter sur le sort de leur voisine. Elles furent le deuil de la séparation. C'était la fin ! La répudiation ! Le séisme ! D'autres femmes s'activèrent en hâte et lui préparèrent sa monture. Une fois la mule blanche mouchetée sellée, ma mère fut portée sur le dos de la bête pour être offerte en libation à la route, à la nuit. Le chemin était celui qui, après une journée et une nuit de marche, la conduirait chez les siens. Et moi j'étais dans ses bras. Une gangrène. Une plaie. Un sifflement. Ma grand-mère, le serpent à deux cornes, commenta à voix haute le départ de sa belle-fille pour rappeler à celles qui voulaient entendre : « Une mule urineuse en a monté une autre ! » Puis elle cracha sept fois sur la terre et trois fois sur sa poitrine tout en marmonnant des prières, des versets coraniques et des injures.

Mon père, en cette même nuit-là, triste et confus, le pas dans le silence, l'âme dans la boue de la honte, quitta lui aussi les lieux sur la pointe des pieds. Il s'éclipsa. La fugue ! Dans son mauvais sort accablant, il n'avait dans le dos que le regard en feu maléfique et pernicieux de sa mère.

Et ce qui devait arriver arriva !

Ainsi, au bout du quarantième jour, ma grand-mère fut frappée dans ses yeux par une maladie appelée la cécité. De ce fait, elle perdit la lumière de sa paire d'yeux qui jadis étaient grands, bleus et provocants. La sédition ! À la suite de quoi elle se retira dans un recoin, descendant peu à peu la géographie du silence, du mutisme, de l'isolement et de la solitude.

À l'exception de trois jours par an, trois fêtes musulmanes – l'Aïd es-saghir, l'Aïd el-kebir et le jour de Maoulid, anniversaire de la naissance du

Prophète –, ma grand-mère jeûnait les trois cent quarante-neuf autres jours de l'année lunaire : « Le jeûne est un bouclier contre le feu de l'enfer », nous disait-elle. Elle avait appris par cœur tout ce qui lui avait été dit et dicté par mon grand-père, le savant et littérateur. Comme une élève studieuse, elle nous récitait par cœur, cent fois par jour, peut-être un peu plus, sa leçon : « Le Prophète a dit, cela est écrit dans les gros volumes des fokahas (les jurisconsultes) : "L'une des portes du paradis s'appelle Rayyan. C'est par elle qu'entrent les jeûneurs (on ne parle pas des jeûneuses) le jour de la résurrection, nul autre qu'eux ne passe par cette porte. On dira alors : où sont les jeûneurs ? Et les jeûneurs se lèveront (de leurs tombes). Aucun autre qu'eux n'entre par cette porte. Quand tous les jeûneurs seront passés par cette porte, on la fermera pour que nul ne l'emprunte après eux". » Et ma grand-mère nous disait encore, pour nous inciter à jeûner : « Le Prophète, le messager d'Allah, a dit : "Chaque fois que quelqu'un jeûne, un jour, par amour de Dieu, Dieu éloigne à cause de ce jour son visage du feu de l'enfer d'une distance égale à ce que l'on parcourt en soixante-dix ans". »

Et je répétais à voix basse, dans mon cœur : « Un parcours de soixante-dix ans ! » Oui, soixante-dix ans, ni moins ni plus. J'avais peur. Je comptais et je recomptais, comme ça, jusqu'à soixante-dix et je me donnais au vin du sommeil !

Creusant un chemin dans le vent saharien, dans l'errance, mon père, dès le lendemain du départ de ma mère, partit sur la trace de sa bien-aimée, Hager. Sur la trace d'un mensonge ailé et multicolore, racontaient les cavaliers, les bergers, les braves buveurs de legmi (boisson alcoolique extraite du tronc des vieux dattiers) et les coupeurs de routes.

« Je suis le Targui habitant du zénith, père du soleil et livre de la genèse du sable », disait mon père.

Au bout de quarante-cinq jours d'absence et de fugue déterminantes, Imrane, mon grand-père, celui qui ne jurait que sur la tête de son cheval, dit à qui voulait l'entendre, à propos de mon père et de son errance : « C'est seulement un agneau qui a quitté le bercail. Il y reviendra. Où qu'on aille dans notre désert vaste et déséquilibré, on est au même endroit, sur nos pieds, sous notre ciel, on est chez soi. Il est toujours difficile de résister à la tentation de revenir, surtout quand on a une femme comme Balkiss. Il est mon fils ! Il est mon fils ! Il est de ma semence. »

Je tournai la langue à voix basse, dans mon cœur : « Soixante-dix ans, soixante-dix ans !... C'est-à-dire jusqu'à la fin du monde, jusqu'au loin, le loin le plus lointain. » Et j'eus comme un trouble ou un tremblement dans mes tréfonds. Et comme chaque soir je m'offrirais au loup des frissons de mes premières masturbations, au renflement du grand-père et au vin mielleux du sommeil !

Et par un matin brumeux, ciel bas et étouffant, mon grand-père, celui qui avait tout vu, bien parfumé, le visage souriant et éclatant, monta son cheval. Décidé, il chemina, à la recherche de sa belle-fille, jurant comme à l'accoutumée sur la tête de son cheval qu'il ne retournerait chez lui qu'accompagné de Balkiss.

« Je ne dessellerai pas mon cheval ! » réaffirma mon grand-père.

Une fois, ma grand-mère, le serpent à deux cornes, renifla la nouvelle du départ de son mari sur les traces de Balkiss. Les épaules tombées, elle se leva de son recoin. Quitta sa solitude. Cassa son jeûne. Et dans un état de transe, d'anxiété et de perplexité, elle ouvrit sa bouche en criant fort : « Je voudrais garder le silence. Je voudrais enterrer le secret dans un puits, ton secret. Je voudrais chasser l'odeur de ta relation avec Balkiss, mais mon cœur est plus fort que moi. »

En groupes et en grappes, les femmes d'abord, puis les hommes des campements et des ksour, arrivèrent pour l'assister, pour la faire taire, essayant de la convaincre de retourner dans son coin, à sa raison, à son jeûne, à sa foi et à son calme – en vain. Ma grand-mère, comme une bête sauvage profondément blessée, clabauda et hurla : « Tu ne coucheras qu'avec moi, tu resteras jusqu'au jour dernier pour mon lit ! » Depuis, ma grand-mère était devenue folle. Elle arrêta et définitivement son carême et ses prières.

Délirante, elle ne parlait que de son envie démesurée de mourir au pied de la tombe du Prophète et de sa mère retrouvée morte, le corps dévoré par les loups et les chacals, au pied du mur du grand marabout, sidi Matouk : « Comme elle est venue, cette dame qui aimait le miel blanc de Tifelfel, pleine de jalousie et d'amour, elle s'est enfouie dans les entrailles de la terre. Elle s'est perdue dans le sol fauve et inclément, dans le ventre des bêtes sauvages et affamées. »

« Je ne descendrai pas du dos de mon cheval, je ne mettrai pas les pieds sur votre sol avant que Balkiss, ma belle-fille, grimpe sur le dos de sa mule, pour la montée du retour », disait Imrane à un groupe d'hommes qui l'entouraient, suivis par une nuée de lévriers, qui à leur tour couraient derrière une grande chienne en chaleur. Ceux qui l'avaient accueilli n'étaient que les gens de la chasse des gazelles, les gens de Balkiss, sa belle-fille.

Ainsi donc c'était cela… et ce qui devait arriver arriva.

Une fois de retour dans la tribu, Balkiss demeura, et pour quarante jours, ombrée et assombrie dans sa loge, ne quittant son lit que pour changer son parfum, ses couches ou ses habits. Enfermée dans sa tente, elle ne se préoccupait que de la coiffure de ses longues tresses, n'oubliant pas de farder ses lèvres charnues avec de l'écorce de noyer, pour mettre en valeur ses yeux noirs et grands ainsi que son beau grain de beauté posé sur sa joue droite rose. Elle n'avait comme visiteur que mon grand-père qui, seul dans la lumière de ses yeux de miel où murmurait en permanence un sourire frais, lui apportait des aliments fortifiants : des petites gâteries dont la fameuse takdourt, sorte de pâte de dattes agrémentée de klila (fromage artisanal séché), de poudre de céréales sucrées et de fèves grillées dans un four en sable blanc. Par sa voix qui se faisait indistincte et douce, il lui lançait des regards de miel, lui soufflait quelques mots d'admiration et quelques déclarations d'amour. Trois vieilles femmes, celles appelées nattafates (épileuses), étaient autorisées à lui rendre visite une fois par semaine pour lui épiler le visage, le pubis et le creux des aisselles.

Ma mère était le feu et le bois, le loup et le berger. Elle était séduisante, provocante, emplie de péchés et de lumières. Elle était un secret ! La bouteille jetée à l'eau ! Elle était l'abîme désiré. Une sédition ! Et mon grand-père, qui avait un œil d'aigle et l'odorat du meilleur chien de chasse, celui qui savait donner à chaque heure son nom et à chaque lieu son prénom, disait : « Les femmes, il y a celles qui sont créées pour la vie, il y en a d'autres qui sont faites pour le miroir, pour être regardées ou pour se regarder, et Balkiss est taillée pour être les deux à la fois. »

Quant à moi, moi qui étais l'origine de la malédiction qui avait secoué notre sang et dispersé les membres de notre famille, je restai dans ma famille maternelle jusqu'à l'âge de garder le troupeau, puiser l'eau et remarquer les garçons de mon âge. Mon père ne m'avait jamais réclamée, ni ma mère d'ailleurs ! J'étais oubliée chez les autres, mes oncles et mes tantes maternels !

« Oublier la fille c'est oublier la malédiction », disait souvent ma grand-mère.

« Oublier la fille, c'est aussi oublier le jour des sauterelles, ce jour où de partout une nuée de sauterelles rongeuses a envahi toute la région, ne laissant derrière elle ni sec ni verdure », disait une autre bavarde.

« On ne peut pas oublier une fille. La fille est un appel, un cri, une attraction, une tentation. Une histoire sans fond et sans fond ! La source de toute histoire ! La fille est un ennui, un frisson chronique », disait une troisième.

« Le vagin descendant d'une famille des Chorfa (les nobles) dispose d'une langue et d'une bouche. Il ne se taira jamais », disait une autre.

Et malgré mes dix ou onze ans passés chez mes oncles et mes tantes maternels, personne ne m'oubliait. J'étais tatouée dans toutes les mémoires. J'étais l'image du péché capital ! Le jour où je retournai dans la maison de mon père, je constatai que j'avais déjà, et ceci depuis longtemps, existé dans ces lieux.

De fil en aiguille, mon histoire était au centre de toute conversation. Je remarquai que j'avais une grande place sur toutes les langues plantées dans toutes les bouches de tous ces gens qui m'entouraient. Ceux qui ne cessaient de me déshabiller de leurs regards et de leurs histoires : femmes, hommes et enfants.

Ma présence prenait le pas sur mon existence.

Je vivais dans les plis des histoires, beaucoup d'histoires déroutantes et éclatantes. Je n'étais qu'une histoire sans commencement et sans fin. Je grandissais sur les lèvres. J'étais plus grande que je ne m'imaginais ! J'étais plus grande que moi-même ! Et à l'insu des miens je grandissais trop tôt, trop vite.

J'avoue !

Mon grand-père était un voyant, un vrai cartomancien. Il lisait les choses dans le ciel et sur les traits des gens, dans le vent et dans la chaleur des canicules. Il était un bon siesteur. Et comme on s'y attendait, ou plutôt comme le voyant l'avait déjà annoncé, ce soir-là, battu par les secrets du parfum de Balkiss, mon père rentra chez lui. Personne ne lui adressa la parole. Il avait une barbe rousse sauvage sur un visage crasseux, fatigué, de couleur grise. Il avait énormément changé.

Mon père était silencieux. Le silence signifiant et criant ! Et dès qu'il eut mis les pieds chez lui, mon grand-père lui interdit de voir sa femme. Il passait et repassait devant la porte de sa loge pour sentir de loin son parfum. Les femmes comme ma mère ne sont rien sans leurs rares parfums. Ma mère était le parfum, la bonne pâte et la belle proie entre les mains de mon grand-père. Les bonnes mains !

Ainsi le parfum d'une autre histoire exaltée couvrit, peu à peu, les campements et les cieux des tribus limitrophes. On parlait. On colportait. D'une tente à une autre, d'une tribu à une autre, d'une oreille trouée à une autre. L'histoire gonflait, se boursouflait. Les femmes ajoutaient des détails et en rajoutaient d'autres, beaucoup de détails, les détails des détails, d'autres faits, les faits d'autres faits. Les hommes se mettaient une muselière sur la bouche. Ils écoutaient et réécoutaient ce qui avait été dit, ce qui se disait, en fumant du haschisch et en sirotant du thé à la menthe ou buvant du mahia dans des carafes d'argile gris rougeâtre. Ils se contentaient de regarder leurs ombres déformées qui ne cessaient de tourner et de se métamorphoser selon l'emplacement du soleil ou selon le positionnement de la tête.

Et on racontait – Dieu seul détient la vérité luisante – que mon père, surpris dans ses sorties nocturnes, avait pointé à trois reprises son fusil de chasse, *made in Belgium*, sur mon grand-père. Il avait menacé son père, c'est-à-dire mon grand-père, jurant de lui fracasser la tête s'il ne laissait pas Balkiss en paix.

Et on racontait que le lendemain de la troisième menace, mon grand-père avait fait son testament, devançant ainsi sa mort. Ce testament avait été écrit et enregistré par un notaire réputé pour sa belle calligraphie, pour son amour du vin et connu pour sa pédophilie. Et dans ce testament enregistré officiellement en présence de sept témoins assermentés, mon grand-père privait mon père de tout héritage de terre comme de bétail. Il lui ôtait le nom de notre lignée des Chorfa. Depuis, mon père portait un autre nom : Caïn-le-Chacal. Le déshérité. Et on relatait – Dieu seul détient la vérité – que les deux hommes, le père et le fils, c'est-à-dire mon père et mon grand-père, se partageaient le lit de Balkiss : la nuit était réservée pour le père et la sieste pour le fils ! Et comme une plante grimpante l'histoire grandissait, couvrant ainsi tous les horizons.

Chez nous, les histoires ont des ailes d'aigle ! Et les gens ont la mémoire du vent !

Sonate II
Prophète du désert

Une route est un arbre qui pousse couché.

MOHAMMED DIB

Et ce qui devait arriver arriva !

Il fait aube, un autre jour trottinait, toutes les étoiles étaient effondrées de leur ciel clair et haut, une autre errance commençait. Le sable cheminait jusqu'au ciel, jusqu'au bord de la lumière. Et mon père serrait ses talons contre le ventre de son cheval. Il habitait le chemin, il habitait le vent ! Mon père quittait ses rêves pour habiter d'autres rêves. « Nous, les Targuis, nous sommes des gens de nuages et de rêves. Notre vie n'est qu'un chemin qui commence pour finir par le commencement d'un autre, c'est ainsi ! »

Il rêvait d'être notaire, comme le souhaitait d'ailleurs Hikmat Khoja (mais qui est Hikmat Khoja ?) ainsi que mon grand-père. Il était envoyé à Tamantit, dans une medersa privée dirigée par un juif arabe, un célèbre spécialiste des langues, de la théologie et des droits. Ce savant juif avait à sa charge une guéniza, un grand dépôt où était stockée une grande quantité de livres usagés, des manuscrits sur des rouleaux de parchemin, des textes liturgiques ou commerciaux, des lettres d'amour ou des lettres d'affaires, des actes notariés qui, écrits en hébreu ou en caractères hébraïques, ne pouvaient de ce fait être détruits.

C'était Hikmat Khoja, notre pacha, qui avait décidé de le dépêcher dans cette école trois mois par ans. Le pacha disait, et répétait à qui voulait l'entendre : « Il me faut un notaire. Un notaire de notre postérité, un de nos fils, et de notre religion. »

La plupart des notaires de ces villes sahariennes et de ces ksour (vieilles villes aux maisons d'argile et de terre cuite) du désert étaient des Arabes juifs. Au bout de trois ans, mon père fut capable de lire et écrire dans trois langues : l'arabe, l'hébreu et le français. Et il parlait couramment le targui, sa langue maternelle. Il apprit par cœur des livres de droit, de poésie, de grammaire, de soufisme musulman et de kabbale juive. Mon grand-père dit à Hikmat Hkoja : « Cet enfant a la tête légère ! Il apprend vite. Il a l'œil et le nez ! »

Comme ça, dans le havre de ce désert sans fin et sans bords, des histoires, beaucoup d'histoires d'amour, de guerre, de fidélité, de fautes et de péchés, poussaient et grimpaient jusqu'aux portes des cieux bleus. Autour du puits, les femmes et les jeunes filles se rassemblaient, tout comme les hommes. Le récipient, une sorte d'outre en peau de chameau ou de chèvre, d'un rythme continu, montait et descendait. Les conversations féminines et masculines elles aussi montaient et descendaient : une peau de bouc, une outre retenue par deux câbles de longueurs différentes, l'une, la plus longue, glissait sur une poulie suspendue au moyen de deux montants consolidés par des barres, et l'autre, la plus courte, passait sur une bobine de bois placée à l'orifice du puits… et comme les outres se remplissaient, les histoires fleurissaient et se vidaient. Les unes étaient fraîches et d'autres étaient amères. De fil en aiguille, on parlait, on plaçait d'autres ailes pour d'autres histoires… et on plaçait d'autres langues plus longues pour d'autres histoires !

Mon père disait : « Tout ce dont j'ai hérité de Imrane ben Ayoub, c'est-à-dire son père, c'est un poème de cent vingt et un vers. Il constitue ma joie, mon trésor et mon malheur sans mesure. Depuis qu'il a découvert le manuscrit, il lit ce poème d'amour au rythme de la lecture sainte du Coran, livre d'Allah, livre dont le style est inimitable. Par sa belle voix et par sa lecture frissonnante, mon père élève sa tour de Babel pour atteindre le cœur des femmes ! On dit de lui, lui qui à l'âge de huit ans et six mois fut capable de réciter par cœur les soixante Hizbs (chapitres) du Coran, que sitôt que la poésie s'empare de son cœur fragile, cœur d'oiseau, il oublie intégralement le Coran, parole de Dieu, ainsi que celle de son Prophète. »

« Satan et l'ange ne demeureront jamais sous le même toit ! » disait ma grand-mère.

Ma grand-mère, la jalouse, dès qu'elle surprenait mon père, le manuscrit entre les mains, criait :

« Jette ce livre diabolique, donne-le au feu, il a le ver bleu et la malédiction dans le mot et dans la lettre. »

Puis elle se mettait à prier, se versant dans des pleurs profonds et continus.

On racontait – Dieu seul détient la vérité, toute la vérité – que mon père avait recueilli ce poème dans un manuscrit écrit sur la peau d'un chameau centenaire trouvée enroulée, rangée et bien conservée dans une outre de chèvre enterrée dans une fouille, héritage de son père, c'est-à-dire mon grand-père, qui était un pèlerin à pied. Il avait été le premier visiteur des lieux saints musulmans de toutes les tribus de la région (cette nouvelle avait été enregistrée et confirmée par cinq notaires : deux juifs, deux roumis et un mozabite). On le nommait « Pèlerin-à-pied ».

À vrai dire, mon grand-père avait fait son voyage religieux enfourchant le dos d'un grand âne acheté à Bougie, ou plutôt une ânesse d'une race chypriote ! Il est honteux, déshonorant, grossier et abject de dire qu'une telle personnalité des lettres et de la théologie, respectée, estimée et savante accomplit son devoir religieux sur le dos d'une bête sale, une ânesse !, dont le braiment est qualifié par Dieu dans un verset coranique, dans le livre ultime, le livre des livres, comme la plus mauvaise de toutes les voix de toutes les créatures ! Dieu a dit : « إن أنكر الأصوات لصوت الحمير » (« Le son le plus désagréable est le son des ânes »).

Et depuis ce voyage en Orient, tout le monde l'appelait Pèlerin-à-pied, oubliant son vrai nom, Imrane ben Ayoub.

Ainsi donc, c'était cela, et ce qui devait arriver arriva !

Voici l'histoire du grand-père, Pèlerin-à-pied, que ma grand-mère Rkia, entre folie, jalousie et délire, nous racontait souvent. Cela se produisait tous les vendredis, jours des musulmans, ou à l'occasion de chaque saison du retour des pèlerins. Et à chaque fois elle n'hésitait pas à ajouter quelques détails à son histoire : des détails qui la mettaient en valeur aux yeux de son mari, grand littérateur et théologien, et blessaient ma mère, sa rivale. Elle citait des personnes que mon grand-père avait rencontrées et qui, en vérité, avaient vécu dans d'autres temps, d'autres siècles. Elle multipliait ses offrandes. Elle parlait de pays chimériques, de ses rêves. Elle parlait et reparlait de tout ce qui pouvait illuminer et valoriser le plus l'image de son mari, le Pèlerin-à-pied !

Mon grand-père avait été tout d'abord le négociateur principal avec les chefs des caravanes de contrebande qui, une fois par mois, nous apportaient des marchandises exotiques et précieuses. C'étaient des Noirs du Niger, des juifs de Tamentit, des Corsais, des mozabites et il y avait même des roumis. Quelques-uns de ces hommes ne savaient pas parler notre langue. Et mon grand-père, sans aucune difficulté, fier de lui-même, défaisait sa langue magique en leur parlant djiboutien, somalien, berbère, tutsi et hassani… C'était lui, et lui seul, qui achetait les quantités suffisantes pour toute la tribu : sucre, thé, laine, étoffes, bougies, huiles, savon, mercerie, poudre, armes et munitions françaises et turques. Et c'était lui, et lui seul, qui était autorisé à vendre les chameaux, les nègres, les chèvres et les tapis tissés par le génie de nos femmes et dont les laines de grande qualité étaient colorées par de célèbres teinturiers juifs qui se faisaient payer leur travail en nature. L'unité de paiement était le mouton, la chèvre, les dattes ou les caisses de sauterelles séchées, salées et conservées dans de la graisse jaune et une sorte de farine noire de jujubier. Et c'était lui, et lui seul, qui donnait le signal annonciateur du commencement de la période de la tonte des moutons, la saison de la chasse aux gazelles, la saison de la pêche aux poissons de sable et de la levée des récoltes. Et c'était lui aussi qui faisait se marier les femmes de la tribu avec des contrebandiers du désert : mariage permanent (نكاح الدوام), mariage de plaisance (نكاح المتعة) ou mariage de voyageur (نكاح المسافر), et lui seul qui décidait du montant de la dot dont il avait le droit de garder un pourcentage pour les dépenses de restauration de la mosquée ou pour acheter de la poudre (baroud) pour les cavaliers de la fantasia.

Mon grand-père, pour se faire un peu plus respecter, pour se montrer un peu plus savant et lettré, s'était procuré une paire de lunettes en échange de trois chèvres et d'un âne de quatre ans. Depuis ce jour, ses verres n'avaient jamais quitté ses yeux dont le regard était constamment plongé dans les livres, enterré dans de gros volumes, comme ça ! Mon grand-père, en bon croyant, n'avait jamais fait ses prières les verres sur le nez. Il nous disait que c'était illicite et impie de faire la prière avec des verres profanes achetés d'un Noir non musulman, non circoncis. Il souhaitait être enterré la paire de lunettes sur ses yeux !

Mais en réalité mon grand-père n'eut jamais de tombe. Il mourut en marchant… cheminant vers l'errance… dans le ciel de l'errance, vers le désir et la fascination de la rose du rien.

Il était comme ça, l'homme qui a tout vu.

Sonate III
Prière du voyageur seul

Je suis venu me laver dans l'oubli.
J'ai trouvé l'oubli souffrant de sa mémoire.

Le Targui n'a que le ciel sur la tête, le sable chaud sous les pieds et la femme dans les yeux.

Ainsi donc, c'était cela... et ce qui devait arriver arriva !

Suite à un incident, mon grand-père fit son pèlerinage à pied, une histoire amère, avec le dernier petit-fils du caïd turc, le petit pacha Hikmat Khoja : un homme petit, brun, gros, chauve et laid qui régnait sans limites, sans loi et sans droit, sur les campements, les bourgs, les ksour et sur toute la population composée de petits paysans, de bergers et de quelques éleveurs de chèvres, de chevaux, de chameaux et d'ânes, ainsi que sur leurs terres arides, leurs palmeraies, leurs femmes et sur tous leurs maigres biens.

Par une nuit d'été, deux soldats montant le dos de deux chevaux suivis de six gros chiens frappèrent à la porte. D'une voix sèche, brève et froide, l'un des deux, depuis le dos de son cheval, cracha sur le visage pâle de mon grand-père ces mots : « Nous sommes les envoyés, les fidèles, les serviteurs et les valets du pacha Hikmat Khoja. Notre caïd vous demande… » Le deuxième, sans tarder, sortit de la poche droite de la selle une lettre frappée du sceau du pacha : une sorte de tache ronde d'encre rouge ornée d'un croissant, une étoile à cinq branches, son nom, celui d'Allah et du Prophète et d'un court verset coranique. Et d'un geste rapide et violent, il la déroula devant les yeux de mon grand-père tremblant et craintif. Sans aucune hésitation, silencieux, mon grand-père les suivit. C'était l'ordre du pacha ! L'ordre qui trouverait toujours une oreille écoutante et docile.

Mon grand-père était le seul qui, dans toute la région, apprenait le Coran et beaucoup de poésie et savait parler, écrire et lire dans quatre langues : l'arabe, le turc ottoman, l'hébreu et le français.

Ce soir-là, ce fut la liesse. Le caïd, à ses pieds au bout d'une laisse un ouistiti dont les sourcils et les cils étaient régulièrement noircis de kohol, subtilement habillé d'un burnous chamarré de soie et d'or jaune, était, comme dans un festin, assis sur son baldaquin en forme d'arche posé sur un tapis d'Ispahan émaillé de fleurs et de lignes d'or jaune argentin ; un grand tapis couvrant tout le salon d'une centaine de mètres carrés, semé de tous les prestiges à la fois illusoires et réels de la création : des oiseaux à sept ailes, des paons avec des seins de femmes hautement dressés, des gazelles avec des yeux séduisants et de longues tresses, des femmes nues, d'autres en voiles ne dégageant qu'une petite lumière d'yeux pleins d'érotisme, un lion, un léopard, une créature en forme de serpent mais au corps féminin séduisant et voluptueux, des versets coraniques, des signes berbères, des lettres en tifinegh, les quatre-vingt-dix-neuf noms d'Allah et des vers calligraphiés dans le style du Diwani...

Le petit pacha aimait les belles femmes corpulentes, les chaînes d'or au cou et les grosses bagues ornées de pierreries bleues aux doigts et la chasse des gazelles et des lièvres qu'il préférait manger cuites dans du riz nigérien à la sauce fort pimentée. Sans lever ses yeux braqués tantôt sur son ouistiti au bout de la laisse tantôt sur la chanteuse, il ordonna à mon grand-père de lui rédiger une lettre en turc ottoman pour l'envoyer enfin à sa première femme restée à Istanbul et qui venait, d'après la nouvelle fraîchement transmise par un messager, de lui donner son douzième enfant mâle. Le mâle ! Il était heureux, entouré d'une foule grouillante : les hommes s'inclinaient sur son passage, les belles femmes de tous âges, de toutes tailles, baissaient les yeux et balançaient leurs tresses, les eunuques, dont les vêtements étaient d'un rose clair et les visages bien rasés et bien maquillés, ne cessaient de secouer la tête en signe d'acquiescement, d'autres plus vieux avec des barbes murmuraient en marmonnant quelques prières ou quelques passages de chansons andalouses.

Au fond, à l'angle gauche de la grande salle de granite à carreaux, entourée de sept grandes chandelles, au pied d'un lierre verdoyant planté dans une grande jarre en argile cuite, grimpant de plus en plus haut le mur en terre de cette vieille citadelle, et dont les branches atteignaient le plafond, assise, faisant un nid dans les couleurs, sur un divan oriental imprimé d'oiseaux et d'animaux paradisiaques, une belle jeune femme musicienne souriante, à moitié nue, jouait sur un luth damascène des airs aux senteurs d'Andalousie. D'une voix de rossignol, la resplendissante Zaphira, c'était son nom, chantait un poème de louanges ou de deuil écrit par un célèbre poète arabe andalou évoquant le prince Boabdil au fond de ses lamentations et de ses sanglots et remords de la dernière heure sous les murs de Grenade. De temps en temps, un conseiller ou plutôt un proxénète, comme tombé à l'instant de la Sublime Porte, boiteux avec une prothèse en fer, coiffé de tarbouche vert, servait à la musicienne, dans une coupe en argent ou en or, une boisson appelée « boisson des oiseaux ». Zaphira était entourée d'une vingtaine de femmes et d'hommes noirs. Les yeux dans les yeux, dans l'insouciance de leurs âges, la troupe mixte dansait la sbika, une danse d'esclaves.

Zaphira la musicienne était la seule personne qui rappelait à toute l'assistance que le petit pacha Hikmat Khoja, lui aussi, avait un cœur, oui un petit cœur qui battait dans les tréfonds de sa poitrine. En sa présence, devant son corps ressemblant à celui de la statue frétillante d'une dièse grecque, à l'ombre de sa voix sublime et olympienne, le petit pacha à la moustache longue bien enroulée et parfaitement colorée de henné acajou, se transformait en un insecte minable, en voie d'extinction, une chose effacée ! Rien.

Cette soirée-là, pris d'un comportement bizarre, fou, excité et capricieux, Hikmat Khoja exigea de mon grand-père de partager avec lui son outre de vin. Mon grand-père, dont le cœur était empli de foi et des paroles de Dieu et de son Prophète, refusa de boire une telle boisson interdite par Dieu et par son messager – que le salut soit sur lui et sur ses compagnons. Frénétique, furieux et acharné de voir son ordre renvoyé par mon grand-père, le regard enflammé, le caïd turc ordonna à nouveau à mon grand-père, cette fois-ci en retirant son fusil de sa gibecière, de boire sept verres de vin et sept autres d'arak, en le menaçant, jurant sur la mémoire de Mustapha Ataturc de lui faire éclater la tête et lui couper la langue... Et quand le petit pacha à la moustache acajou se mettait en colère, sa petite taille rehaussée par un coussin bien gonflé, de petits amas de bave blanche au coin de ses lèvres se formaient. Pris par la peur, et sous cette menace et intimidation, mon grand-père finit par céder, en buvant les sept verres de vin, verre sur verre, peut-être un peu plus – les sept verres d'arak, verre sur verre, peut-être un peu plus! – en marmonnant à chaque gorgée en trois fois son expression préférée : « Il n'y a de dieu que Dieu, et Mohammed est son Prophète. » À la fin de cette soirée qui s'était allongée jusqu'à l'appel du muezzin, appel à la prière de l'aube, le caïd turc, du fond de son ivresse, pris par un sentiment de remords et de regret, généreux et charitable, accorda, les larmes aux yeux, à mon grand-père une grosse somme d'argent, une importante quantité de nourriture et une ânesse enceinte. Et dès le lendemain mon grand-père, le cœur pieux, les yeux émus, et dans l'espoir de gommer sa faute, son péché capital, décida d'accomplir le grand pèlerinage, le pèlerinage à pied. Aussitôt, il ne vit se dessiner entre ses yeux que l'image de la Kaaba, première maison d'Allah, et la tombe du Prophète – que le salut soit sur lui. Il n'avait que le mur de la Kaaba comme horizon de tous les horizons. Il voulait demander pardon. Ainsi, il enfourcha le dos de l'ânesse offerte par le petit pacha à la moustache embobinée, se donnant à un chemin sans tête qui durerait vingt-trois mois, peut-être plus.

C'étaient les sept verres de vin et les sept verres d'arak d'Izmır qui avaient poussé mon grand-père dans cette aventure de pèlerinage à dos d'ânesse.

Ainsi donc, c'était cela… et ce qui devait arriver arriva !

On racontait que trois jours avant le retour de mon grand-père de La Mecque, Hikmat Khoja, le petit pacha, son ouistiti au bout de sa laisse, avait été retrouvé mort dans un puits. Dieu l'a bien payé !

Mon grand-père disait que c'était la malédiction qui l'avait foudroyé.

Et parmi les treize tribus qui vivaient dans les alentours, une seule avait fait le deuil du petit pacha à la moustache embobinée : celle qui, ne trouvant une petite terre où enterrer ses morts, qui ne cessaient de s'accumuler, cadavre sur cadavre, stockés sous une tente entre les liasses de foin et les énormes sacs bourrés de sauterelles séchées, avait demandé au pacha de lui décerner un morceau de terre pour faire un cimetière. En échange de dix-sept jeunes filles nouvellement pubères, le pacha, dont le cœur était compatissant et charitable, avait donné une terre, une toute petite colline oubliée et sauvage. Et pendant que les hommes de la tribu enterraient leurs morts en lisant et relisant sur eux de longues sourates : sourate البقرة (« la vache »), sourate النساء (« les femmes »), sourate النخل (« les abeilles »)... lui, avec appétit, se livrait à ses plaisirs sexuels avec les dix-sept jeunes filles nubiles, les dépucelant l'une après l'autre. Il avait demandé au taleb aveugle dont les cordes vocales étaient traitées en permanence par la consommation d'une sorte rare de miel rouge ramené du Pakistan, de lui prodiguer de belles lectures coraniques et des psalmodies à haute voix, une lecture sensuelle qui aide et provoque l'érection et facilite la pénétration.

Une fois que les hommes de la tribu eurent leur propre cimetière, ils oublièrent leurs filles. Pour ôter de leur mémoire ce jour de troc, ils se disaient :

« Parlons d'autre chose, cela nous aidera à mieux passer les nuits et les jours, ainsi que nos morts. » Ils se sentaient heureux avec leurs morts qui sommeillaient tranquillement dans leurs tombes.

Le septième jour fut le jour de l'enterrement de leur dernier mort stocké. Et sous l'œil du petit pacha, son ouistiti au bout de la laisse, les gens de la tribu célébrèrent le sacrifice de Taârguiba : ce cérémonial autochtone exigeait que l'on tranche les jarrets à un mouton encore vivant. Puis les femmes, suivies de beaucoup de jeunes filles nubiles dans leurs habits de noces blancs et roses, avancèrent. D'autres étaient drapées dans de belles timelhfine colorées de bleu et de jaune, leurs gorges fraîches lançant des youyous sucrés vers un ciel trempé dans une immense lumière jaune sulfureux. Tout le monde sortit de grandes quantités de sauterelles conservées et les réserves de plusieurs sortes de dattes. Les femmes installèrent de grosses marmites sur le feu d'amas de braises et y jetèrent de grandes quantités de sauterelles séchées dans de l'eau bouillante.

Avec le temps et autour du cimetière, un douar appelé Douar Spaâtach chira, « douar des dix-sept filles », vit le jour.

Ils avaient leur propre cimetière. Et ils avaient quelques ânes et trois chevaux qui se lançaient des coups de sabot et échangeaient des hennissements voluptueux. Ainsi leurs jours s'écoulèrent, paisibles, en grande quiétude, célébrant le désert sous un ciel qui, à tout moment, changeait de couleur : ensanglanté, violacé, rosâtre, pourpre, roux, sulfureux, bleuâtre, gris fuligineux... et ainsi les jours comme les saisons des enfants de cette treizième tribu s'écoulèrent semblables aux autres jours. Aux autres jours des douze autres tribus.

Ainsi c'était cela : le départ de mon grand-père, l'homme qui avait tout vu !

Aux premières lueurs de cette aube-là, sur le campement, s'étendait comme un voile, une vapeur qui se perdait peu à peu dans l'azur balafrant le ciel encore assoupi. Et avant de quitter son campement, sa tente, mon grand-père souhaita faire ses adieux aux gens des douze tribus avoisinantes, tous les habitants qui, depuis une semaine, s'étaient regroupés sous de grandes tentes en laine de mouton, en poil de chameau ou de chèvre, avec leur bétail, leurs fusils, leurs munitions et leurs chevaux sellés les mors entre les dents, lançant de temps à autre des hennissements pleins de désir sexuel. Le nombre d'êtres humains autour du campement était sept fois inférieur à celui de leur bétail. Mon grand-père insista aussi pour agir en parfait musulman, remplir ses devoirs de bon croyant : d'abord son devoir sexuel envers sa femme. Et cette nuit-là, il fit l'amour à ma grand-mère en sept fois. Il voulait être sûr et certain qu'il l'avait bien fécondée, afin de partir avec l'espoir de trouver un mâle dans ses bras ou dans son ventre à son retour de la terre sainte. Puis il fit ses grandes ablutions, c'est-à-dire tremper tout son corps dans de l'eau propre. Puis il lut à haute voix la Fatiha, première sourate du livre de Dieu, en accomplissant la prière du voyageur, une prière en deux prosternations suivie d'une autre prière appelée prière de la peur. Quel homme pieux ! Quelle droiture et quelle grande et profonde foi dans le cœur !

Devoir de la mamelle.

Les hommes de toutes les tribus et à leur tour furent sollicités pour accomplir le devoir-dernier envers leur enfant, leur futur pèlerin. Leur devoir était ainsi : ils lui creusaient une tombe, sa dernière demeure. On l'appelait « la tombe du vivant », voyageur de Dieu. Elle demeurerait ouverte pendant sept ans. Au bout de ce laps de temps, si le pèlerin, le voyageur de Dieu, rentrait chez lui, la tombe serait emplie de terre et, dans le cas contraire, les habitants seraient appelés à faire la fête du deuil. Sous les chants des pleureuses et des liseurs du Coran, ils fermeraient la tombe vide et placeraient une pierre tombale avec l'expression suivante : « Ici repose le Pèlerin-à-pied, le croyant de deux tombes. » Ils lurent durant trois jours et trois nuits le Coran, chantèrent des psalmodies en ne consommant que du café noir sans sucre.

Du haut d'une dune culminante, l'appel nasillard d'un muezzin s'éleva. Mon grand-père, drapé dans un linceul blanc, était étendu sur une grande planche colorée en vert foncé. Autour de son corps, les hommes se rangeaient en forme de croissant pour faire la prière des morts. Puis finalement il fut descendu dans la tombe. Sitôt allongé au fond de la fosse, sur son côté droit, sept hommes jetèrent sur le mort-vivant sept poignées de terre. Puis l'imam lut, une fois encore et à haute voix, quelques versets sur la guerre sainte et sur le pèlerinage. Puis les sept hommes firent monter le corps de la tombe. Il le reposèrent sur la planche pour être transporté vers une tente. Où il ôta son linceul. Puis il enfourcha le dos de sa montée et, sous les youyous des femmes, il quitta le campement

Et ainsi donc, c'était comme ça !

Le premier soir de son retour du pèlerinage, au ksar, mon grand-père, habillé d'un burnous blanc frangé d'or, fut accueilli et entouré par tous les chefs des tribus. Sa parole fut hautement écoutée, les bouches étaient scellées, muselées. Il tenait dans ses bras son fils né en son absence, c'est-à-dire mon oncle, son troisième mâle. Et au seuil de la grande tente aménagée pour l'occasion, et avant même de franchir la porte, mon grand-père égorgea un mouton d'une paire de cornes géantes, en donnant, sous le jet du sang de la bête et à haute voix, le nom du Prophète – que le salut soit sur lui et sur ses compagnons – au nouveau-né. Mais depuis mon oncle porte un nom bizarre : Abel. Seule ma grand-mère eût préféré l'appeler *Mohammed esseghi,* c'est-à-dire *Mohammed le petit.*

Ce soir-là, et avant de défaire sa langue et déverser son histoire, mon grand-père s'isola dans sa tente en compagnie de ma grand-mère Rkia, le serpent à deux cornes. Et en bon croyant, il lui fit l'amour sept fois. Ma grand-mère, pour mettre le feu de la jalousie dans le cœur de ma mère, sa belle-fille, poussait des gémissements charnels et des halètements bestiaux qui arrivèrent jusqu'aux oreilles des hommes et des femmes dans tout le campement.

Puis, entouré par tout le monde, assis sur un large tapis étendu par terre, les pieds repliés sur eux-mêmes, le visage illuminé, mon grand-père, sirotant son thé, déversa doucement son histoire du pèlerinage à pied, détaillant les péripéties d'une telle expérience pieuse où le croyant est enroulé cent fois dans le linceul de la mort :

« … Traversant pays après pays, langue après langue, la peau cuite et recuite par soleil après soleil. Il y a eu des soleils rouges, d'autres bleus, d'autres jaunes, chaque nation, chaque peau avait son soleil différent des autres dans la couleur, dans la forme et dans le volume… Il y a eut un soleil, je l'ai vu de mes propres yeux, un soleil qui s'est levé de son couchant… »

Mon grand-père racontait en méditant sur les yeux de sa belle-fille, c'est-à-dire ma mère, Balkiss :

« Peur après peur, fièvre froide après fièvre chaude, lion après renard, ours après éléphant, rivière après forêt, mariage de jouissance après mariage de charia : je me suis marié à sept jeunes filles nubiles et qui toutes venaient de vivre la douleur de leur première expérience de menstruation. Elles étaient de sept pays différents et de sept langues différentes. Et au bout de huit mois lunaires, treize jours et quatorze nuits, les pieds nus cuits dans le sable chaud, j'ai atteint la porte occidentale de La Mecque, la ville sainte. À tout Pèlerin-à-pied, et dès le franchissement de la porte de la maison d'Allah, il était demandé d'accomplir une prière en deux prosternations : la prière du salut. L'imam, un vieux centenaire aveugle, une chose osseuse de petite taille, penchée sur sa canne, est sorti d'une niche située au fond de la mosquée. Sans tarder, il a appelé les croyants à la prière du Maghreb, sans utilisation du haut-parleur électrique. Il n'avait en lui de vivant que sa voix vigoureuse et claire. Cet imam nous a affirmé que l'électricité pollue et profane la voix musulmane. Il a même émis une fatwa aux pèlerins interdisant tout appel à la prière par le biais d'un haut-parleur. »

Une fatwa que mon grand-père avait ramenée avec lui, écrite noir sur blanc !

Dans sa quiétude, sirotant son thé à la menthe verre sur verre, mon grand-père, la langue défaite et déversée, regarda ma mère qui à son tour ne cessa de jouer avec sa paire d'yeux provocante, captivante et attrayante :

« Aussitôt la prière finie, l'imam, cette chose osseuse, assisté par deux jeunes prieurs, est monté sur un minbar en hêtre décoré d'arabesques et calligraphié sur les bords de versets coraniques et de hadiths prophétiques. Par sa voix claire, il a commencé à dire les noms des pèlerins à pied. Il y en avait de toutes nationalités, de toutes langues, de toutes couleurs. Il avait appris par cœur une liste d'une dizaine de milliers d'hommes, uniquement des hommes, aucune femme. Le temps de l'appel s'est prolongé jusqu'à la prière de l'aube. »

Mon grand-père avait l'œil éveillé, posé sur Balkiss. Et il parlait en écossant son voyage, une partie après l'autre :

« L'imam nous a dit que le Prophète – que le salut soit sur lui et sur ses compagnons – a légué à sa femme, la plus jeune de ses quatorze ou neuf femmes, après sa mort, la liste complète comprenant le nom de tous les pèlerins à pied, les pèlerins de tous les temps et de toutes les races. »

Mon grand-père, entre veille et sommeil, avait été content d'entendre son nom prononcé par l'imam. Les yeux larmoyants, les traits sombres d'un visage vieilli avant l'heure reprenaient vie et illumination. Hanté par l'image du Prophète, il se prosterna devant le minbar.

À son retour dans sa terre, dans sa tribu, mon grand-père avait été accueilli au premier rang par celui qui lui avait donné sa fille, c'est-à-dire le père de ma grand-mère, portée dans un hawdaj, une maison portative en roseau que l'on met sur la bosse du chameau, en échange d'une fortune : trois chamelles, deux chèvres et deux caisses de blé de douze kilogrammes chacune, une caisse de son et soixante œufs fécondés.

Mon grand-père, dans un silence de sagesse, comptait les perles de son chapelet, racontant que Dieu lui avait accordé une paire d'ailes au plumage vert et bleu ressemblant à celles d'un aigle paradisiaque ou d'un bourak :

« Je n'ai vu dans le désert traversé qu'un immense jardin où les eaux jaillissaient en sept couleur. Des oiseaux, des milliers d'oiseaux, parlaient notre langue, l'arabe, langue du paradis, des grappes de raisin de toutes sortes, de tout volume et de tous les goûts, des fontaines, beaucoup de fontaines, des bosquets, des bocages, des sycomores, l'arc-en-ciel, l'arc-en-terre, les fruits dorés, une centaine de fruits que nul œil n'a jamais vus ! Et il y avait aussi des femmes, de belles femmes toutes nues avec de beaux corps, de belles voix et de longs cheveux. J'ai vu le paradis ! Une mule blanche chargée de ce qu'elle pourrait porter d'or et de pierreries m'a été offerte par un ange habillé en blanc neige ! »

Ainsi donc, c'était cela !

Pour preuve qu'il avait été élu par Dieu et par son Prophète, mon grand-père chargea secrètement le taleb du ksour, un vieillard miséreux à la barbe échevelée, sale et grisonnante et dont l'œil gauche était éborgné, sans vie, tandis que l'autre était grand ouvert, fixe comme celui d'un faucon, de faire apprendre un ou deux versets coraniques de chacune des sourates du livre d'Allah à un ignorant du peuple, l'ignorant le plus connu de tous les habitants, quelqu'un qui n'avait jamais mis le pied dans une école coranique. Après un apprentissage forcé et accéléré, par un vendredi, jour des musulmans, l'ignorant fut présenté devant mon grand-père, le Pèlerin-à-pied, et en présence des chefs des treize tribus.

Dans la cour sableuse du marché, des chameaux et des traîtres, il n'y avait que des hommes et encore des hommes, seuls les hommes font le peuple, les hommes de la guerre. Ils ne parlaient que des querelles causées par le manque d'eau dans les puits collectifs, situés à trente ou quarante kilomètres plus haut ou plus bas, à deux jours et une nuit de marche, peu importe !

Plus loin, au bout du campement envahi par des nuages de mouches bleues et des légions de moustiques, des linges étendus se balançaient sur une corde. Devant la dernière tente, la seule dont la porte était orientée vers l'ouest. Toutes les autres tentes avaient les portes en direction de l'est, en direction de La Mecque, de la Kaaba. Une jeune fille, la plus âgée de toutes celles qui l'entouraient, frémissait malgré la chaleur, une chanson à la bouche, sitôt finie sitôt reprise, une voix triste, soyeuse. Elle tressait les cheveux des filles qui n'étaient pas encore mariées. Trois autres femmes pétrissaient énergiquement des monceaux de pâtes pour préparer el-malla, une sorte de galette d'orge cuite enfouie dans le cœur du sable. Une autre femme triste et attristante préparait le feu, entourée de ses trois enfants, l'un sur le dos, l'autre accroché à sa main et le troisième au pan de sa m'laya, sa robe targuie. Elles guettaient les ombres, les silhouettes des hommes, l'odeur des mâles, les boucs !, sur le sable qui cuit et recuit leurs pieds. Beaucoup de choses illicites trottaient dans leurs têtes. L'homme... l'homme... l'homme... mhmhmhmh !

Le temps dans ce désert illimité ressemblait à un précipice sans fond et sans fin. Le matin n'attendait qu'à être suivi par un autre jour et un autre jour et un autre jour. Et les femmes assoiffées réunies dans cette tente unique qui tourne le dos à La Mecque, lieu élu d'Allah et de son Prophète, ne cessaient de frotter, tout au long de journées longues qui serpentaient dans le vide et dans la mélancolie, leurs pubis poilus rudes, rugueux et écailleux. Elles se consumaient à leur propre feu !

« Même le plus débile de sexe mâle coûte deux fois plus cher que deux femmes, même si ces dernières sont les plus belles et les plus sages, quand il s'agit de payer le prix du sang ! » commentait la jeune femme qui démêlait difficilement la longue natte de couleur acajou du henné d'une autre fille assise sur une vieille selle posée par terre.

Soudain un calme de Bouddha régna, bouches cousues et recousues et, dans une cérémonie spectaculaire et théâtrale, mon grand-père, habillé de blanc neige, celui qui ne jurait que sur la tête de son cheval ou la tête de sa mère, passa sa main lavée trois fois dans une eau bénite, l'eau de zamzam ramenée de son pèlerinage, sur la poitrine nue de l'ignorant dont les yeux étaient bandés d'un foulard noir en soie imprimé sur les bords de cinq croissants et de deux minarets. Il priait en lisant à haute voix quelques versets sur les djinns et les forces des esprits. Il essayait d'imiter la voix de l'homme centenaire à la canne, la chose osseuse, celui de La Mecque :

« Par l'aide d'Allah et de son Prophète, je vais remplacer l'obscurité et les ténèbres de ton cœur par la lumière et la clarté divines. Remplir les plis de ce cœur noir par la lumière, celle de la parole d'Allah », dit-il.

Après quelques prières suivies, l'assistance tomba dans un silence de marbre, et comme dans un état de transe, le Pèlerin-à-pied ordonna à l'homme dont la poitrine était nue de réciter un verset de telle ou telle sourate. En une fois l'ignorant récita par cœur tout ce qui lui avait été demandé par le Pèlerin-à-pied et qui avait été déjà préparé par le taleb. Le public abasourdi, ébahi, ahuri, et en un seul geste, en une seule voix pieuse et onctueuse, cria : « Que Dieu garde notre Pèlerin élu ! Béni soit le ventre qui l'a enfanté et le sein qui l'a nourri. »

À l'heure où tout le monde retournait chez soi convaincu de la force magique de mon grand-père, ce dernier, et afin que personne ne déniche son secret, ordonna à ses bourreaux de tuer le taleb et l'ignorant. Ainsi le secret resta dans le puits.

Le jeu recommença ainsi l'année suivante et l'année d'après avec un autre taleb et un autre ignorant choisi parmi le peuple.

Et mon grand-père, disaient les gens, avait pris la place du petit pacha turc, Hikmat Khoja.

Ma grand-mère, qui ne savait que remplir le fourneau du sebsi (pipe de haschisch) de son mari d'un tabac verdâtre en regardant la profondeur de ses yeux et la blancheur de ses pieds dans leurs babouches jaunes, cette jalouse raconta à tout le monde que son mari avait rapporté de La Mecque cinq esclaves noirs couleur d'olives, œufs et plumes d'autruches, encens, gomme arabique, ivoire, peaux et cornes de gazelles ou d'antilopes ruminantes des steppes, aromates et coquillages qui servaient de monnaie en Afrique occidentale et en Inde… et la fatwa de l'imam, celle traitant l'interdiction des haut-parleurs.

Sonate IV
Les Messagers du sable

Pourquoi les fourmis aiment-elles le sucre ?

De loin les moteurs Diesel lâchèrent, vomirent ou crachèrent leur bruit puissant dans ce désert vaste et clément, fracassant le miroir du silence aveugle et démesuré : un énorme camion arriva, puis un autre plus géant encore, puis un troisième. Au volant, il y avait des hommes en short et des femmes en soutiens-gorge, presque nues. En somme, ils étaient quatre hommes, trois femmes et deux chiens.

Tous portaient des lunettes noires et des chapeaux mexicains.

Mon oncle Abel, comme à son habitude, reçut avec de grands sourires les étrangers. Lui qui, depuis qu'il s'était contenté de se ranger dans ce néant de sable et de lumière, préférait coucher avec les vieilles femmes étrangères qui, tous les jours de l'année, en hiver comme en été, ne cessaient d'arriver vague après vague. Il était resté fidèle à sa tradition, à son savoir-vivre, une manière propre à lui : boire du legmi, du vin et faire l'amour aux vieilles femmes américaines et allemandes. Mon oncle, à la fin de ses soirée bien arrosées, aimait, avant d'embarquer sa compagne dans une couchette, ou sur les dunes à la pleine lune, lui brosser le dentier. Il adorait sentir l'odeur des dentifrices spéciaux et celle des liquides où trempaient les prothèses.

« J'aime la femme au dentier, celle qui n'a aucune dent dans la bouche ! » disait mon oncle.

Abel, avant de prendre sa boisson alcoolisée ou de cueillir sa partenaire, en bon croyant, accomplissait son devoir religieux, effectuant les cinq prières quotidiennes. Il faisait souvent ses cinq prières en retard.

Il était maudit par mon grand-père parce qu'il refusait de faire ses prières en arabe, il les faisait en lisant quelques versets coraniques en tamazight.

« Seule la langue arabe, langue d'Allah, de son Prophète et du paradis, est admissible et recevable dans la prière du musulman », disait mon grand-père.

Et c'est lui, mon oncle Abel, qui savait bien préparer les méchouis pour les Américains, les Allemands et les autres étrangers, ceux qui régulièrement venaient et revenaient dans notre désert pour la chasse, pour le bain de sable, ou pour étudier, apprendre et écrire notre langue oubliée par les siens.

Quelques mauvaises langues, les jaloux ! disaient : « S'ils reviennent, c'est plutôt pour Abel. »

« Comme ils sont généreux, ces étrangers, en nous prêtant, de temps en temps, leurs belles femmes pour quelques nuits, pour quelques soirées », disait mon oncle.

Les femmes, elles aussi, étaient ravies de voir sa grosse verge brune et circoncise. Elles passaient des heures et des heures à méditer sur cette chose bizarre, pyramidale, plantée entre ses jambes. Elles le prenaient en photo nu, ou plutôt elles étaient hantées par son sexe qui, par sa crête bien taillée, ressemblait à un minaret. Il n'avait aucune gêne, ni timidité à poser tout nu, cela durait des heures et des heures, faces aux flashs de leurs appareils photographiques.

C'est lui, mon oncle, qui, une fois que les moteurs des trois camions se furent tus, enfourcha le dos de son cheval, allant convier les gens des ksour et les nomades dans leurs campements sur les dunes avoisinantes à assister à la projection cinématographique.

Mon oncle ne savait ni écrire ni lire, mais par ses multiples contacts, par son beau sourire, il parlait couramment le français, l'anglais américain, l'anglais britannique, l'allemand et l'espagnol. Il était très fort en géographie. Il était fait pour la vie et pour la fête !

Dans le programme de cette soirée-là, et comme à chaque débarquée du cinéma ambulant, était prévue la projection de deux longs films indiens et un film de cow-boys précédés par une longue série de réclames : Aspro, Marlboro, parfums, tabac pour le nez (appelé Chemma Makilat el hilal)…

Nous aimions les films indiens.

Mon oncle était un fan de cinéma indien. Il était aussi fier de son devoir d'organiser les séances cinématographiques. Il vénérait le cinéma. Jeune, il adorait le cinéma indien. Enfant, il avait déserté l'école coranique où mon père passait ses longues journées estivales et la plus grande partie de ses soirées.

Abel adorait le cinéma, les vieilles femmes aux dentiers, la vie et la géographie. Il apprenait par cœur des centaines de noms de comédiennes et de comédiens, des centaines de noms de villes orientales, européennes, américaines et asiatiques, où il n'avait jamais mis les pieds. Il avait un cœur sensible et romantique. Il pleurait avec les héros et les héroïnes battus par la souffrance et la tromperie, en cachant ses larmes dans un mouchoir en tissu de soie repiqué en permanence dans la poche extérieure de sa veste à rayures.

Les trois hommes et les deux femmes s'occupant du camion-cinéma étaient des Américains qui parlaient parfaitement le français et le berbère.

Aussitôt après l'arrivée des trois camions, Abel, en chien de chasse, renifla l'odeur de la femelle au dentier. Il avait l'œil sur la vieille femme qui ne cessait de parler de politique en citant de nombreux titres de films révolutionnaires et historiques. Des choses et des histoires ennuyeuses, fastidieuses, dégoûtantes et dégueulantes...

Quelques hommes de la tribu, choisis par mon oncle et orientés par la femme boiteuse, s'activèrent pour ériger un écran géant : un grand drap en bâche, de couleur blanc cassé, tendu entre de longues barres de fer et de bois enfoncées à plus d'un mètre dans le sable.

Soudain, le moteur de la machine de projection ronfla. La foule, peu à peu, arriva. Ils arrivèrent de partout, à pied ou enfourchant le dos de leurs bêtes : des hommes, des femmes et des enfants, beaucoup d'enfants et de bétail aussi.

Ils se regroupèrent, les hommes et les femmes, dont la majorité étaient des fumeuses de haschisch, à même le sol, les yeux collés à l'écran géant.

À la tombée de la nuit, cinq projecteurs s'allumèrent. Peu à peu le désert se déversa dans une lumière d'or bleutée.

Le moteur de la machine ne cessa de ronfler. Et avant le commencement de la projection, le muezzin n'oublia pas son devoir en appelant les croyants à la prière. Une douzaine d'hommes, formant deux ou trois rangées, suivis de quatre vieilles femmes, sous la lumière forte des cinq projecteurs, répondirent à son appel. Dans leurs prosternations, la femme boiteuse en short les prenait en photo. Pressentant les coups des flashs, flairant l'odeur de la femelle, l'imam prolongea sa prosternation et sa prière.

La femme au dentier, celle qui n'arrêtait pas de discourir sur son parti écologiste et sur le droit à l'indépendance des pays sous l'occupation coloniale, demanda aux quelques femmes de prendre place au premier rang.

Mon oncle, chacal du désert, ne leva pas son regard de loup du décolleté de la femme qui ne parlait que de politique et de révolutions.

La femme aux seins énormes, hautement dressés, et dont la paire de lunettes était en permanence pendue à un cou long ressemblant à celui d'une gazelle du désert, ne retira le nez d'un gros volume, *Les Mille et Une Nuits,* que pour donner quelques ordres ou faire des remarques aux deux machinistes, un couple d'homosexuels.

Sous le regard languissant et langoureux de mon oncle, la femme s'efforça de camoufler sa démarche légèrement boiteuse en jouant le rôle de cheftaine séduisante. Le barbu, l'un des deux hommes du couple homosexuel qui l'accompagnait, raconta à mon oncle que la femme chef, depuis qu'elle avait découvert ce livre, *Les Mille...,* était tombée amoureuse du désert, des Touareg, de la poésie et de la cavalerie arabes. Elle s'était acheté ce camion, cinéma mobile, pour faire le tour du désert, tout le désert.

Les femmes touarègues, pour elles, tant qu'il y aurait un film indien sur l'écran de la boiteuse, rien ne changerait, rien ne changerait.

Ce soir-là, un vieux film indien était programmé, avec de la danse, des chansons, des larmes et de l'amour.

Quand les images commencèrent à défiler sur l'écran, le désert tomba dans un silence sans rives, hormis quelques sanglots et le grincement de l'appareil de projection.

Puis soudainement tout commença à bouillonner : des cris d'enfants, des femmes qui s'entretenaient à haute voix. Mon oncle chuchota à l'oreille de la femme au dentier.

Tout le monde parlait à tout le monde et personne n'entendait personne.

Une femme coupa une pastèque.

Une autre, assise presque au milieu de l'assistance, imita la voix de l'actrice du film. Les autres éclatèrent de rire. Une jeune fille dansa en soulevant sa melaya au-dessus de ses jambes et de ses fesses.

Une autre demanda à une autre :

« Est-ce que vous avez vendu votre chèvre ? »

Parlant du barbu :

« Est-ce que ces roumis sont circoncis ?

– Comment sont-ils faits ?

– Quoi ?

– Les pénis roumis ? »

Dans la niche de projection, qui n'était qu'une mansarde en tôle, remorquée à un camion, mon oncle Abel avait les pieds sur les nuages.

Soudain le groupe électrique tomba en panne et le désert plongea dans l'obscurité. Le grincement de la machine de projection s'arrêta.

Quelques cris. Puis le courant revint, le son sauta, les images galopèrent. Les femmes lancèrent fort leurs fous rires.

Celle qui dansait reprit sa danse dans le noir ou sous le faisceau du projecteur.

Depuis la niche de projection, Abel hurlait, demandant du silence.

Mon oncle Abel, dont la main frottait le pubis de la vieille dame boiteuse, la femme au dentier, écoutait le projectionniste homosexuel qui n'en finissait pas de parler des actrices italiennes :

« Les Italiennes sont faites pour le cinéma et non pour la maison, les enfants et le mariage. »

Le projectionniste plaça sans faire attention la deuxième bobine à l'envers.

Et l'assistance, agrippée à l'histoire d'amour, hurla fort.

Abel, cette fois-ci énervé, une torche à la main gauche dirigée vers les spectateurs, sa main droite toujours à sa place frictionnant les lèvres du pubis de la vieille qui, versée dans le plaisir charnel, au bord du frisson et de l'extase, écartait de plus en plus les jambes.

Une fois la bobine mise à l'endroit, les femmes, ensemble, en un seul geste et en même temps, applaudirent. Quelques-unes lancèrent des youyous.

Les images étaient de retour.

Le silence.

Une femme ronfla fort, n'attirant l'attention de personne.

Abel, fidèle aux ordres de mon grand-père, demanda aux projectionnistes de supprimer tout ce qui touchait à la morale : les hommes qui embrassent les femmes sur la bouche, les femmes qui aiment les hommes, une femme et un homme enfermés dans une même chambre – un couple ne doit pas dormir dans le même lit.

« Dans le film, l'essentiel c'est l'histoire, une histoire d'amour, de guerre, d'héritage, de femmes, de jalousie... les détails n'ont aucun sens, aucun effet », dit Abel, la main toujours à sa place. La vieille haletait doucement, sa paire de lunettes suspendue sur sa poitrine. Un fil de salive coula des coins de sa bouche.

Une fois que la musique de fin eut résonné, qu'une centaine de noms et de lieux eurent défilé sur le grand écran, l'assistance commença à se disperser. Abel retira sa main et la boiteuse l'embrassa dans le cou.

Abel réveilla la femme à la pastèque qui s'était abandonnée à un sommeil profond.

« Soulima (cinéma) est fini ! dit mon oncle en la secouant par les épaules.

– Votre film, cette fois-ci, était très court », dit-elle en ouvrant un œil et en remettant sa melaya sur sa tête et sur ses épaules.

Mon oncle, charmé, ou plutôt envoûté par l'odeur de la femelle, avait le sens du nord. Il rêvait d'aller se perdre dans ces villes emplies de femmes et de mensonges. C'était l'Allemande boiteuse qui l'avait poussé vers un labyrinthe enchevêtré

Soûl, mon oncle, celui qui n'aimait se réveiller d'une ivresse que la tête dans sa vomissure, avoua à la boiteuse qu'il n'avait aimé qu'une seule femme : ma mère, Balkiss.

Sonate V
L'Enfant de l'œuf

Ainsi, et sur toutes les lèvres, il poussa des ailes à l'histoire de mon père. Et dans chaque bouche, on tricotait une histoire, de ce fait elle avait des tailles différentes, des vents, des odeurs et des parfums et quelques larmes. Et elle avait aussi toutes les saveurs tantôt sucrées, tantôt amères et tantôt mielleuses !

Ainsi, ce qui devait arriver ne tarda pas à tomber du ciel :

Ouvrant une fenêtre dans le sable, une issue dans le silence et dans le néant, rien sur rien, seul depuis soixante-sept jours et soixante-huit nuits, mon père trottina dans la lumière bleue d'un désert qui ne cessait de pousser de jour en jour, de s'allonger et de grandir de plus en plus. Mon père qui savait bien où mettre les pieds et la tête, comme cherchant une chose, une aiguille par exemple, égarée dans ce sable déversé de partout, regarda le ciel du sud vers le nord, puis de l'est vers l'ouest, et se dit : « Ici ! »

Il marmonna une prière. Essuya son visage poussiéreux trempé de sueur et de sable. Dessella son cheval. S'allongea sur ce tapis de sable en grains d'or. Planta les yeux dans le ciel qui se versait dans un bleu rougeâtre, sans fin et sans bords. Le temps qui ne ressemble à rien, et qui ressemble à tout, l'agressa, le fit frissonner.

La solitude est une guerre !

La solitude n'est que l'image d'une belle femme esseulée.

Il regarda son cheval, les yeux fatigués, s'abandonna à une sieste, à une méditation, sous ce dattier seul, dévoyé comme lui, debout, les racines prises dans cette étonnante nappe de silence et de chaleur, luttant contre la mort et les soucis des vagues de sable.

Sous cet unique palmier qui ressemblait à un doum nain, mon père sortit Diwan al Moutanabbi, le poète le plus célèbre de tous les temps arabes, qui, au XIIe siècle, plein de fierté, de gloire et de rêve, s'était autoproclamé prophète (المتنبي وهو أكبر شاعر عربي ادعى النبوة.). Pris d'un fou rire, mon père se sentit tremper dans une sueur froide : une fièvre qui, peu à peu, en feuilletant le Diwan, rongea sa peau et son intérieur. Il commença à délirer : et pour tuer la solitude, vaincre la peur et la fatigue, il récita à voix haute quelque mille vers de poésie. Puis il récita les soixante chapitres (hizbes) du Coran, livre d'Allah. Il contempla profondément les yeux de son cheval qui à son tour le regarda tristement.

À l'instant, il se rendait compte que les palmes du palmier nain recouvraient de leur verdure leurs vies !

Mon père pensait à ma mère.

Une voix lui souffla à l'oreille : « Un chemin t'offrira à un autre, un désert te donnera à un autre. Tu sortiras d'un voyage pour rentrer dans un voyage, pour en entamer un autre plus long et plus interminable, d'une errance à une autre. Mais à la fin de tes péripéties, tu planteras une belle histoire dans la terre pour qu'il y ait moins de noirceur, moins de solitude et plus d'amour. Tu sèmeras ton ombre sur ce désert et tu construiras sur les nuages tes enfants et tes femmes, et sur le hennissement de ton cheval tu bâtiras l'histoire d'une aventure singulière. Ainsi tu seras le père du désert ! »

Mon père sortit un vieux manuscrit écrit dans un arabe crypté, de poésie et de prose criblée de flèches, de cercles et de courbes, dont les commentaires en vert jaunâtre sur les marges étaient écrits dans un hébreu plein de codes, de signes et d'icônes. Un manuscrit sans titre calligraphié en jaune d'œuf (مح البيض.). Dans un style calligraphique ottoman, à l'aide d'un calame taillé d'un rare roseau cueilli dans le Sud iranien. Ce manuscrit, cela depuis les longs jours de son internat dans cette maison-là, la guéniza, de ce notoire notaire juif-arabe, n'avait jamais quitté la poche droite de la housse de selle de son cheval.

La voix, la même voix, comme un vent de sable, lui dicta à l'oreille : « Ouvre ton manuscrit. »

Le cheval leva son regard, le posa sur un ciel que peu à peu un nuage dense et pluvieux assombrit. D'un seul coup la nuit menaça le désert. Quelques chacals transmirent le signe de leur présence par des hurlements perpétuels, de faim ou de désir sexuel.

Mon père, un œil sur le manuscrit et un autre sur le cheval, embrassa le dattier : « Ici jadis se croisaient les routes du sel, les routes des épices, les routes du café et les routes des marchands de femmes. Ici se tenait une fois par an le marché de la traite des Blanches où se vendaient les Turcs, les Slaves et les Bulgares provenant du plus grand des marchés, celui de Samarkand. »

On ignore le nom de ce havre juif protégé du désert : Tamentit, Touat ou Tafilelt, ce qui est sûr, c'est que ce lieu dont le ciel était aveugle portait le nom d'une femme.

La solitude est une guerre !

À l'ombre du dattier solitaire, sept jours s'écoulèrent ainsi que sept nuits, et mon père ne mangea chaque jour que sept dattes et ne but que sept gorgées d'eau. Ni moins, ni plus. Au huitième jour, le cheval ne pouvait plus tenir debout sur ses pattes. Sans tarder, l'œil troublé, en pleurant, il égorgea l'animal, extrayant tout ce qu'il y avait d'eau dans son ventre pour la verser dans une outre. Et il commença à s'alimenter de sa viande et à s'abreuver de cette eau.

La voix, comme un sifflement du vent automnal, couvrit le désert : « Tu traverseras cette blancheur bleuâtre infinie et démesurée tout seul. »

J'entends les rires de ma mère s'adonnant à un plaisir charnel. Comme à son habitude, elle se masturbe. Elle halète. Elle expire. Elle exhale. Elle hurle comme une louve du désert. Puis elle s'effondre. Elle fond.

« Je suis l'enfant né d'un œuf. Je suis le Targui. Je me sens comme Joseph jeté par ses frères jaloux dans un puits. Me voici, moi aussi, lâché par un père jaloux et envieux dans ce désert, dans ce labyrinthe, dans ce gouffre », murmura mon père en regardant le rien, le néant et une touffe de nuages perdus dans un ciel géant.

Il relut les mille vers de Al Moutanabbi, ce nom signifiant en arabe : celui qui s'est proclamé prophète, puis il les oublia tous. Il relut le Coran, les soixante chapitres (حزب) qu'englobe le livre d'Allah le miséricordieux, puis il s'efforça de les oublier. Il se sentit libre, ample et détendu en se déchargeant de tout ce qui était accumulé, couche sur couche, dans sa tête qui, de plus en plus, pesait lourd sur ses épaules. Et le soir, quand il essaya de se souvenir d'un verset ou d'un vers dans sa tête ou sur sa langue, il ne trouva que le bruit du vent du sable criant : « Fils de l'œuf, tu seras le père du désert ! Tu seras le père de tous les sables ! Tu seras le… »

Et mon père écrivit :

« Ce matin j'ai salé le reste de viande chevaline. Et pour la faire sécher, je l'ai étendue sur les palmes du dattier. Je sens l'odeur de la sueur féminine cheminant vers moi, dans ma direction. Habitant de plus en plus mes narines.

J'ai prêté l'oreille au sable chaud. J'écoute. J'entends le bruit des sabots des chevaux. L'odeur de la femelle trompe les plus grands secrets des hommes. Ils sont à sept jours de marche. Les chacals me harcèlent, ne réclamant que leur part de viande chevaline. J'aboie comme un chien sloughi pour leur faire peur, pour les faire reculer, les retenir un peu plus loin de mon logis.

En attendant l'arrivée des femmes et des hommes sur leurs montures, je me tiens les oreilles bouchées pour ne rien entendre. Je ne sais pas pourquoi je me comporte ainsi ! Une caravane composée de dix-sept chevaux et quarante-sept chameaux. Ils ne sont qu'à sept jours de marche.

Je pense à mon père le jaloux, puis je pense à ma femme Balkiss la séduisante.

Devant moi, le jour s'allonge et se rallonge, se déroule paresseusement comme un tapis jaune d'or. Le temps étale tout son poids sur le désert. Je sors mes manuscrits et mes livres : un livre sur les routes du désert intitulé *Le Pas et la Trace* (الخطو والأثر) dont l'écrivain reste inconnu. Par peur d'être exécuté, il a préféré l'anonymat. J'ouvre le livre sur un chapitre que j'ai lu une dizaine de fois. Je le relis : le géographe essaie de tracer avec précision la route parcourue par les premiers rebelles dans l'histoire de l'islam, ceux qui ont volé les pierres noires de la Kaaba, les pierres sacrées par la religion de Mohammed – que le salut soit sur lui et sur ses sept compagnons.

On raconte, cela est écrit noir sur blanc, dans les gros volumes d'histoire et de fikh (théologie) rapportés par les célèbres transmetteurs musulmans, que le 12-01-930, un groupe de rebelles nommé El Karamita, dirigé par un chef tenace et déterminé dénommé Saïd El Jounabi, attaqua la Kaaba, maison d'Allah, et s'empara de la Pierre noire. Cette Pierre noire qu'ils volèrent et amenèrent jusqu'au El Ihssae, capitale de leur État, Bahreïn, est considérée dans la religion musulmane comme le centre de l'univers, autour de laquelle on ordonne aux pèlerins venus de toute la terre d'islam de faire leur circumambulation, le tawaf.

Le mouvement d'El Karamita, fort de son armée, du nombre de ses disciples, par son courage et par la discipline révolutionnaire, menaça et déstabilisa le pouvoir central, interdit et suspendit tout pèlerinage à la Kaaba de l'an 318 jusqu'à l'an 327 de l'hégire (de 919 à 929 de notre ère).

L'écrivain de ce manuscrit n'est en fait qu'un élément de ce groupe rebelle qui gouverna Bahreïn durant des siècles.

Une fois, les rebelles volèrent la pierre sacrée, l'emportèrent vers la mer Rouge pour être livrée aux vagues et au sel marin. Le chef des rebelles, montant son cheval, la pierre sainte entre deux mains tremblantes, fit quelques pas dans l'eau, puis, levant son regard vers le ciel, cria fort : « Dieu sauve ta pierre sacrée ! » Et avant de lancer la pierre dans l'eau, le cavalier aperçut une barque, une sorte de yacht avec trois hommes et deux femmes jumelles à bord qui s'apprêtaient à prendre le large. L'homme qui commandait l'embarcation et dont la barbe atteignait la poitrine demanda au cavalier de lui donner cette pierre. Le cavalier se retourna vers le groupe des rebelles, ses hommes, en disant : « Dieu a sauvé sa pierre ! »

Ainsi la pierre, ajouta l'écrivain du manuscrit, fut échangée, troquée contre l'une des deux jeunes femmes, la plus souriante et la plus belle des deux. Aussitôt la pierre sacrée prit la route de l'Afrique, pays des Soudanais et des Touareg.

Je mets l'oreille sur le sable chaud. J'écoute : les hommes, devancés par l'odeur de la femelle en chaleur, sont de un à trois jours de marche.

En lisant ce manuscrit, mon corps fut traversé par l'extase ou par le frisson d'une peur inexplicable ou celui d'une fièvre froide.

Une fois encore je prête mon oreille au sable et j'écoute : les cavaliers sont à une journée et une nuit de marche. Sentiment bizarre, surprenant et curieux. J'ai encore ma réserve d'eau, celle que j'ai extraite du ventre de mon cheval. J'ai de la viande chevaline pour me nourrir une dizaine de jours et j'ai mes livres.

Les chacals ont reculé, ils ont peur, eux aussi, comme moi, ils ont entendu les pas des chevaux à plus de trois jours de marche. Je ne sais pas comment m'est venue cette idée-là : creuser à l'ombre de ce dattier pour chercher la pierre sacrée. Elle ne peut être enterrée qu'ici. Je suis sûr qu'elle est là. Ici, enterrée au fond du sable chaud.

J'entends la voix de Balkiss, ma femme, hurler comme une louve assoiffée.

Je me dis : « La pierre sacrée emportée par les marins touaregs n'a de place dans ce néant de sable que sous les palmes de cet arbre courageux. Il est le signal de Dieu et la tombe de la Pierre noire. »

Je creuse, et sans tarder je tombe sur la pierre sacrée. Je la prends entre mes mains. Je la nettoie. Je la dépoussière. Je l'embrasse. Je pleure et je pense à mon père qui m'a trompé en confisquant ma femme Balkiss.

Ici, à l'ombre maigre de cet arbre debout dans une plaine de rien, et avant l'arrivée des hommes qui ne sont qu'à quelques kilomètres de marche sableuse, je bâtis ma ville : je commence par la construction d'un sanctuaire, une autre Kaaba. Avec les quelques maigres palmes, je dresse une petite niche cubique où je place la pierre sacrée. Je prie cette pierre. Je pense au grand poète arabe qui s'est autoproclamé prophète, Al Moutanabbi. Je relis son Diwan. Une voix venant du sanctuaire me souffle : vous êtes le messager du désert.

Quelque chose de surprenant et absurde me secoue.

Pourquoi les fourmis aiment-elles le sucre ?

Ainsi la pierre parla. Elle avait une voix de femme, une voix douce et mielleuse : je vole un bref regard vers la niche et je tombe sur une belle femme toute nue allongée sur le sable, regardant le ciel, dont les pieds et les paumes des mains sont colorés d'un henné rouge foncé.

Pourquoi les fourmis aiment-elles le sucre ?

Je prie la pierre. Je relis le Diwan d'Al Moutanabbi. Je cherche un verset coranique dans mon cœur ou dans ma tête, je ne trouve que des vers de poésie des poèmes d'amour, de vin et de voyages. Je pense à ma mère qui, souvent, me répétait en criant fort : cette poésie maudite chassera un jour de ta tête la parole de Dieu et gommera le Coran, parole d'Allah le clément et le miséricordieux, de ton cœur. J'ôte mon bernus, avec lequel je couvre le corps de cette belle femme dont la couleur de la peau ressemble à celle d'une carotte juteuse.

Ma femme hurle, sa voix pleine de désir survole le désert.

La caravane avance. Elle est composée d'une quarantaine de cavaliers, de femmes, d'enfants, beaucoup d'enfants et un cheptel de chameaux, de chèvres et de nègres dont les oreilles sont toutes trouées, ainsi que d'une vingtaine de chiens sloughis.

Le soleil s'éteint sur les dunes. On ne voit que le dattier, témoin d'une vie préservée de l'usure du temps et de l'intemporalité, la plénitude des instants, le royaume du silence.

Depuis sa niche, la femme élève sa voix : voici ta tribu qui arrive. Tu es le père et le maître du désert. Tu es le messager de la deuxième Kaaba. Je suis la Pierre noire. Je suis sacrée. Je te nomme messager du désert.

Ainsi la Pierre noire sainte raconta son histoire à mon père, ou plutôt celle de son voleur, son ravisseur, Said al Janabi. Elle parlait comme en récitant par cœur ce qui est écrit dans le manuscrit de mon père.

Et la femme se métamorphose en pierre. Une tempête de sable souffle. Je prends place à l'intérieur de la niche. Je prie la pierre en lisant quelques vers de poèmes. Je me rends compte que ma barbe atteint ma poitrine, mes cheveux tombent sur mes épaules.

Je sors mon calame et j'écris : je ferai de ce lieu une autre Kaaba, le carrefour de tous les vents de la terre, lieu de pèlerinage de tous les horizons... Je formerai une grande armée fidèle à moi et à la nouvelle religion et je prendrai le chemin du nord, pays des fornicateurs et des morts, pour récupérer ma femme Balkiss kidnappée par mon père. Je créerai mon royaume.

Je dessine mon royaume à la taille de mes rêves.

Pourquoi les fourmis aiment-elles le sucre ?

Le premier cavalier arrive, s'arrête devant moi. Et sans aucun mot, depuis le dos de sa monture, il me lance, d'un geste théâtral, comme ça, un miroir. Par le mouvement de ses doigts, l'homme n'est qu'un musicien. Je contemple longtemps l'eau bleue des yeux bleus de cet homme targui montant son beau cheval d'une race équine typiquement africaine, amazigh-barbe. Je me regarde dans le miroir. Je suis là, au fond du miroir. Je ne sais comment, par miracle ou par délire visuel, ma photo, mystérieusement et énigmatiquement, est imprimée sur le verre, sur la glace. Je lui adresse la parole en berbère : « Azoulfallaoune. »

Silencieux, sans aucun mot, les yeux entre les oreilles de son cheval, le bel homme se retire. Je constate que son cheval a une queue mouchetée d'un blanc neige et d'un bleu noir corbeau, avec une démarche dansante qui me confirme que son maître n'était que musicien. Il rejoint les autres hommes qui se sont rassemblés à quelques centaines de mètres.

Je passe ma main sur ma longue barbe, la voix de la femme-pierre s'élève de la niche. Je réalise maintenant que cette voix n'est que celle de ma femme Balkiss : « Tu es le père du désert, le prophète des sables, le secret des désirs et le paradis des plaisirs ! »

Et comme un grondement de tonnerre, la voix couvre le ciel et le désert : « Proclame-toi prophète… proclame-toi prophète ! »

D'ici, je distingue les cris d'enfants et les chuintements de femmes. Une jument lance un hennissement triste et aigu. Elle a perdu son poulain, dévoré par un chacal.

D'ici, depuis cette colline sableuse-caillouteuse, je distingue aussi les tentes, toutes les tentes des caravanes, dont les couleurs sont différentes. Il y a celles dont la couleur est rouge, d'autres à rayures, d'autres blanc neige. Je suis certain que ces trois couleurs ramènent aux chevaux de trois caravanes appartenant à trois tribus différentes. Quelques hommes voilés, vêtus de bleu, traversent l'entre-tentes en relevant leurs djellabas par-dessus la tête. Les tentes sont bien dressées, bien arrangées en arc de cercle au pied de cette colline de solitude où je me suis retranché derrière ce lac de silence. Les caravanes échangent, permutent leurs étoffes, leurs bijoux, leurs esclaves noirs et blancs contre de l'or en écailles, de l'argent africain, contre du blé et de la semoule.

Huit jours durant, les hommes qui ont dressé, là où ils se sont rassemblés, leur campement, ne m'ont pas adressé la parole. Chaque matin, je reçois des mains d'une petite fille une grappe de dattes, une galette et une carafe de lait de chamelle ou d'eau.

Au neuvième jour avant le coucher du soleil, j'ai décidé de parler à leur chef. Je descends vers eux, pas à pas. J'arrive au milieu du campement. Perplexes, les enfants me regardent, me suivent, les grands ne quittent pas leurs places ni leurs fusils. Les femmes quittent les tentes, visage découvert. Lac de silence ! D'un pas solide et sûr, sur un sable mouvant et versatile, une belle et grande femme avance vers moi. Pose une paire d'yeux sur la mienne. Je fuis la lumière bleue et forte de son regard en feu. Longuement elle me dénude, je suis écorché par ce regard tranchant, perçant et aigu. Puis, doucement, comme dans un rituel religieux, elle retire ses joyaux de son cou, de ses bras, de ses doigts séduisants, de ses longues tresses acajou bien coiffées. Et en signe de soumission ou d'allégeance, elle étale le tout à mes pieds. Me présente ses deux seins bien dressés, bien gonflés en dévêtissant sa poitrine, une peau d'une couleur de cire blanche me renvoie un fuseau de soleil. À l'instant je découvre que la femme qui me regarde n'est que *la chef* de la caravane. Elle a de belles mains ! D'autres femmes la rejoignent. Elles restent immobiles, en demi-cercle, à trois pas de nous deux, encore noyés dans un silence sourd et échangeant des regards océaniques. Je saisis que cette femme-chef ressemble à la femme-pierre sacrée. Un sentiment chimérique me hante. Je pense à ma femme Balkiss dans les bras doux de mon père. Je marmonne quelques vers d'un poème d'amour d'Al Moutanabbi, je n'ai rien que cela dans ma tête qui tourne entre deux épaules tombées.

Et j'ai aussi du vent !

Je pense aussi à ma fille Hager, qui à son tour pense à moi.

Ce qui devait arriver arriva !

Je suis debout, ne sachant où mettre mes deux pieds que je traîne difficilement derrière moi, comme un lourd cadavre enfoui au fond du sable. La femme-chef me fait un geste de ses nattes bien coiffées, bien tissées, épicées en forme de grands épis et par un signe de son œil droit qui, délicatement, l'a incliné vers les autres femmes. Je ne comprends rien. Ces dernières ne tardent pas à me conduire dans une tente, celle dressée au centre de tout le campement, au carrefour des trois couleurs. La tente est faite de poil de chameau. Au fond se trouve un pichet d'argile rouge d'où une femme me sert une boisson : un vin fort et légèrement sucré.

J'ai la langue ensevelie dans sa paix, enterrée dans son silence. La femme-chef, depuis que nous nous sommes rencontrés, n'a pas prononcé un mot. Elle aussi est enfermée dans son gouffre. Elle ne me quitte pas de ses yeux assoiffés, désireux, avides, étincelants, coruscants et miroitants. Une tigresse !

Une autre femme me sert un deuxième verre. Ce deuxième verre de cette boisson extraite des dattes commence à me libérer de ma paire de pieds, de mon cadavre. La femme se sert d'un gros cigare de haschisch, plutôt une pipe spéciale nommée sebci.

Elle aspire une profonde bouffée de sa pipe qu'elle me souffle dans le visage. Un nuage de tabac envahit la tente. Je me débarrasse de plus en plus de mon cadavre, de mon corps. Je me rends compte que nous sommes allongés sur une couche en plumes d'autruche et de ratite. Par le balancement adoucissant de ses nattes, la femme-chef fait signe aux femmes qui, toujours debout, nous entourent, sans parler. Elles se parlent, communiquent par les regards et les gestes, dodelinant des seins ! Ces femmes, en tout elles sont sept : la même taille, la même coiffure, et elle sont habillées de la même manière. Et elles obéissent à l'œil et au doigt.

Les femmes commencent par déshabiller la femme-chef. Je la regarde. Elle est houri ! Une femme me lance un miroir agrandissant. Je me regarde. Je me vois dans la fumée du tabac ressemblant à un chacal. Ma barbe est longue, sauvage et décoiffée. Une autre femme me sert un autre verre de cette boisson que je trouve de plus en plus douce sur la langue. Je bois mon verre, ou plutôt ma tasse en argile, d'un seul trait. Maintenant je sens mes pieds légers, souples et élastiques.

La femme-chef me sourit. Elle a de belles dents et un beau sourire d'enfant. Je pose mon regard sur son pubis. Il est hautement épilé. J'avance devant son sexe, je prie. Je le prie ! Dans un état de transe, je lis quelques prières et quelques vers de poésie. Je l'embrasse. Je le caresse, je le berce, je le bénis, je le baptise après avoir fait mes ablutions en trempant mes dix doigts dans ma tasse de vin de dattes. Les femmes me regardent. Elles aussi prient, par leurs yeux larmoyants, troublants et émouvants. Leurs corps tremblotent, vibrent d'un désir foudroyant et grondant.

Trois femmes dont les ongles de leurs doigts blancs sont bien colorés, bien dessinés, d'un mouvement doux et délicieux, se chargent de me dévêtir. J'obéis !

Silencieux tel un volcan muet se dissimulant derrière un sommeil trompeur, me voici déposant mes armes et ma langue Je m'agrippe à mes poèmes, dernière issue.

« Tu es notre hôte », me répètent les sept femmes, sur le même ton.

Et je remonte le chemin vers ma niche, mètre après mètre !

J'ai été capable de voir l'invisible, d'entendre l'inouï !

Ainsi donc, c'était cela, et ce qui devait arriver arriva.

Sonate VI
La Cité d'Allah le Beau

Pour voir le désert
il faut se coucher très tard.
PROVERBE TOUAREG

Moi aussi, je me laisse aller dans l'abîme du feu bleu de l'orgasme. Je descends dans l'orage du plaisir. Nous rions fort, plus fort encore, ou plutôt nous hurlons comme des chacals quand nous jouissons presque ensemble. Puis elle pose sur mon épaule poilue sa tête pleine d'histoires et de géographies et ses longs cheveux parfumés et décoiffés. Essoufflés, nous regardons nos corps nus, nous nous regardons dans les yeux et nous reprenons nos esprits d'un silence de transe et d'anges. Et après trois longues nuits passées ensemble, sous cette tente bien parfumée, où nous nous racontons beaucoup d'histoires, les nôtres et celles de nos tribus. La femme-chef, qui s'appelle Balkiss, est sortie de bon matin devant son peuple. Tout le monde était dans son attente. Nue, elle a levé son bras droit, le silence était complet, cassé par le chuintement de ses bracelets en or et en argent : je vous annonce mon allégeance, ma servilité et ma fidélité à notre nouveau messager, prophète des déserts et des désirs, des terres et des mers. Prophète du ciel et du sel. Que le ciel le bénisse et le garde dans sa clémence ! Il restera notre guide et notre souffle. Prophète des désirs, des jeux et des joies !

Elle invite ses hommes à prier notre nouvelle Kaaba. Et les gens commencèrent à tourner autour de la Pierre noire, faisant leurs circumambulations. Et dès le soir, tout le monde était mobilisé à construire une bâtisse solide capable d'assurer l'abri de la pierre sacrée.

« Il y a toujours des Karamites », dit la femme-chef.

Après cette allégeance collective, mon père, prophète des déserts et des désirs, fut demandé pour expliquer la nouvelle religion à ses sujets qui, venant de tous les coins du monde, se rassemblèrent, de plus en plus, autour de la nouvelle Kaaba.

Quarante-cinq jours durant, mon père s'éclipsa dans la nouvelle bâtisse, auprès de la Pierre noire sacrée, pour de longues séances de lecture et de méditation sur le corps de la femme-chef. Il regardait, pendant des heures et des heures, ce beau corps en pleurant et priait jour et nuit le vagin bien niché entre une belle paire de fesses : le vagin est le centre de la vie, de l'errance et de l'amour. À l'aube comme à l'heure de la sieste, et durant une grande tranche de la nuit, n'interrompant ses prosternations et ses prières face au sexe féminin que pour faire l'amour, pour dessécher ses yeux pieux et larmoyants ou pour consulter ses livres et ses manuscrits : lire quelques poèmes d'amour ou vérifier une route de sel, d'épices, de la traite des Blanches, d'or ou d'ivoire.

« Comme Mohammed, Prophète de la première Kaaba, je me suis marié à cette grande commerçante : c'est ma Khadidja ! » se dit-il. (Khadidja fut la première épouse du prophète Mohammed. De ce mariage naquirent tous les enfants du Prophète. Elle était une riche veuve commerçante. Elle avait quarante ans quand elle se maria au Prophète qui lui n'avait que vingt-cinq ans. Elle mourut en 619, âgée de soixante-cinq ans.)

La femme-chef n'était qu'une célèbre commerçante possédant soixante caravanes qui sillonnaient les déserts les plus reculés de l'Afrique et de l'Asie, lesquelles ravitaillaient toutes les villes et tous les ksour.

Balkiss raconta à mon père qu'elle avait en sa possession mille cinq cent trente-trois nègres achetés dans les plus grands marchés de négritude : au Niger, en Mauritanie, au Zaïre et au Maroc. Tous étaient payés en écailles d'or ou en coquillages qui servent de monnaie en Afrique occidentale.

Mon père pensa à la construction d'une armée forte composée de ces nègres qui connaissent parfaitement les déserts. Ils étaient bien entraînés pour les guerres, la cavalerie. Ils étaient bien éduqués à l'amour du chef et à la droiture et au sacrifice pour leur nouvelle religion.

« Par cette armée vaginale, n'agissant qu'en bonne foi, une armée croyante et bien organisée, je recouvrerai ma femme kidnappée par mon père », se dit mon père.

Mon père, et comme chaque soir, rassembla les chefs des caravanes pour leur expliquer les principes fondamentaux de cette nouvelle religion, religion du Vagin, créée autour de la vraie Pierre noire sacrée : « La vie est l'élément essentiel sur la terre. Le Vagin est le centre de la vie. Le Vagin est le producteur de la vie. Le Vagin est le producteur de la sédition. Le Vagin est le producteur et l'essence du plaisir. Le Vagin est le moteur de toute musique. Le Vagin est la source du Sang et du Son et du Saint. Que la Pierre noire sainte bénisse le Vagin de toute femme : mère, fille, épouse, sœur, cousine. »

Ainsi, et comme à l'accoutumée, nues, toutes les femmes, et avant même que la séance de prédication eut pris fin, avancèrent au milieu des croyants assis en arc de cercle, et qui écoutaient avec attention, les larmes aux yeux. Elles avaient leurs sexes découverts dépubescents, bien épilés, hautement tondus, bien parfumés, colorés du henné ou de safran… Et les croyants vaginaux, ensemble et d'un seul geste religieux, se prosternèrent et s'inclinèrent devant les Vagins. Dieu de tous les croyants. Ils restèrent prosternés, chacun devant un Vagin, jusqu'au lever du soleil.

Et un autre jour commença !

À cette heure, mon père retourna auprès de la Pierre noire, de ses livres et de ses manuscrits, tandis que les autres croyants se pressaient pour la construction d'une nouvelle ville autour de « La Pierre-Noire » : « La Mecque des Touareg ».

Ainsi donc, c'était cela, et ce qui devait arriver arriva !

La ville, de plus en plus, à chaque lever du soleil, ne cessait de s'agrandir. Beaucoup de caravanes s'y s'installaient. Le nombre de croyants et de croyantes s'accroissait. Ils étaient de toutes races, de toutes couleurs.

Et la nouvelle religion fit le tour des déserts, ainsi les gens arrivèrent, se rassemblèrent autour de la Kaaba. Les puits, beaucoup de puits, furent creusés. L'eau douce jaillit. Les arbres fruitiers et non fruitiers poussèrent d'un mètre par jour, peut-être un peu moins ou un peu plus : il y avait des vignes, des pommiers, des pruniers, des cerisiers, des girofliers, des merisiers, des figuiers, des palmiers, soixante-quinze espèces de dattiers venant de l'Irak, du Zaïre et de Madagascar. Il y avait aussi des fraises.

Mon père, lui qui aimait la poésie, les fraises blanches et la viande de lièvre s'adonna, en plus de la lecture et de la prédiction, à la culture de *Lawsonia Inermis*, la fleur favorite du prophète Mohammed. Une plante douée d'un symbolisme sexuel manifeste puisque son odeur donne, « lorsqu'elle est dense et perçue de près, une impression très vive de sperme ou de mucus vaginal ou de liquide amniotique ».

Au bout de trente-six mois lunaires, la ville, la Cité d'Allah le Beau, c'était son nom, fut complètement ombragée d'arbres, toutes sortes d'arbres, et noyée dans la verdure. Les rues étaient recouvertes de grands arbres dont les feuillages resteraient verts toute l'année. Ainsi les habitants ne pourraient voir le soleil, qui resterait caché derrière les branches et le feuillage des arbres. Mon père, observant ce phénomène, ne tarda pas à réagir en décrétant une journée de fête appelée la « Fête du Soleil » où tous les habitants de la nouvelle Mecque, à l'exception des sept gardiens de la Pierre noire, étaient autorisés à quitter leurs habitations, à sortir au-delà des murs de leur cité, pour célébrer le soleil. Les gens étaient éblouis par le ciel entaché par quelques nuages blancs dont les formes ressemblaient à des animaux volants fabuleux et chimériques.

En plus de sa Pierre noire sacrée, la nouvelle ville fut connue pour sa nuée d'oiseaux rares qui la visitaient le soir pour la quitter le matin, dès la première lueur de lumière. Des oiseaux qui parlaient la langue du paradis, l'arabe, et qui remettaient à mon père des messages venant du ciel et des terres.

Ainsi donc c'était cela, et ce qui devait arriver arriva !

Notre Mecque touarègue, au bout de quatre ans, fut célèbre pour son marché aux oiseaux qui se tenait une fois par an.

Mon père fut un bon marchand d'oiseaux. Cette passion des oiseaux lui était venue après avoir lu dans un livre intitulé *Le Langage des oiseaux,* écrit par un grand mystique arabe Farid Al-Attar (env. 1140-1230), que les Orientaux, pour honorer la fidélité et l'amour de leurs femmes, leur offraient des oiseaux.

Le marché dura trois jours et quatre nuits et, comme chaque année, il fut installé à la sortie de la ville sainte, étendu sur un rahba, terrain vague intégralement ombré par une centaine de mûriers et palmiers énormes et verdoyants.

De toutes les contrées, les oiseliers venaient. Ils parlaient tous les langages et les langues des régions et des pays avoisinants ou lointains : l'arabe, le berbère, le chawiya, l'espagnol, le français, l'anglais, le hassaniya, le malien, le djiboutien, l'hébreu, le tutsi, le zoulou... Ils étaient d'Alger, de Fès, de Tanger, de Tlemcen, de Tripoli, du Caire, de Tunis, de Bagdad, de Paris, de Nouakchott, de Damas, de Ouagadougou, d'Izmir, de Deauville, de Manama, d'Oman, d'Acyr, de Tombouctou, de Tananarive...

À cette occasion, une centaine de nouvelles tentes furent dressées. Un convoi de voitures 4 x 4 japonaises militaires conduites par des soldats étrangers, des Américains, arriva. Il y avait des femmes blondes en costumes d'hommes qui, comme chaque année, payèrent une amende de plus : impôts chrétiens ! Cette taxe n'était qu'une sorte de pomme d'où l'on extrayait une sorte de boisson alcoolisée appelée « le calva ».

Comme les oiseaux, les oiseliers au marché parlaient, chantaient dans leurs langues.

Tout le monde comprenait tout le monde.

La gorge est plus forte que la langue !

Emporté par mille chants d'oiseaux, mon père avait à ses côtés la femme-chef accompagnée par l'une des trois femmes normandes ou américaines. Elle leur parlait de la qualité de la pierre de Caen. Elle marchandait, essayant de leur vendre la pierre profane pour la construction d'une citadelle autour de la Pierre noire sacrée : « La pierre profane garda la pierre sainte », commenta mon père.

Sous un soleil aveuglant, et sous le regard d'un homme fort debout tenant à sa main une cravache, cinq jolies négresses étaient exposées sur des nattes de palmier. Une sixième, la plus jeune et la plus belle, dansait, ses petits pieds nus s'avançant, craintifs. Une autre, un peu âgée, réglait la mesure sur son instrument, sa derbouca. La jeune danseuse tournait sur elle-même, et ses khalkhal, bracelets en argent qui entouraient ses chevilles et ses mollets nus, résonnaient en harmonie. Ses bras élégants, et d'un mouvement gracieux, se tendaient et agitaient un foulard de soie rouge. Une autre femme brûlait du bkhour, du parfum, dans un encensoir. La danseuse projeta sa tête et son torse successivement à droite et à gauche. Celle qui était un peu plus âgée martela fort son bendir. Les cinq jolies négresses assises sur la natte de palmier, extasiées, poussaient des clameurs et des bourdonnements indistincts et confus. La danseuse tourbillonna avec trouble et frénésie, dodelina de la tête, sauta puis se plia et s'agenouilla. Épuisée, la jeune danseuse s'écroula sur le sol en poussant un chant ou un cri déchirant. L'homme fort, la cravache à la main, dans son silence regarda sans grand intérêt le spectacle.

Un Américain prend en photo le guerrab, ce vendeur d'eau aux mollets nus et au costume de couleurs frappantes, son outre de peau de chèvre sur ses reins, circulant dans la foule des oiseliers, il secouait des petites sonnailles de cuivre.

Ainsi notre marché des oiseaux :

Les premiers critères qui déterminent le prix d'un oiseau sont : la provenance, la couleur de son plumage, le pedigree, l'âge et la capacité à chanter.

La provenance de quelques espèces fait rêver : Brésil, Australie, Japon et Gabon. Les oiseaux les plus onéreux sont : le rosetta, un magnifique oiseau de taille moyenne et au plumage très coloré où du rouge, du bleu, du jaune et du vert se mêlent harmonieusement. Cette espèce très prisée vient du Brésil. Le prix du perroquet quant à lui est très variable. Il est déterminé par l'habileté de l'animal à « parler » ou non.

Le gabonais au plumage gris est recherché par les Normandes.

Les pigeons paons de race espagnole sont recherchés par les Japonais, commerçants d'art : toiles et oiseaux.

Les inséparables, comme leur nom l'indique, ne peuvent vivre qu'à deux et sont recherchés par des Français.

Les bengalis sont demandés par les Espagnols. Les mandarins qui viennent du Japon, de très petits oiseaux avec un plumage gris parsemé de beige et de noir.

Les perruches royales de taille plus grande.

Les canaris jaunes, verts, panachés, blancs ou mosaïque. Les femelles de perruches et de canaris sont volontairement rendues stériles pour empêcher une quelconque production.

Le chardon.

Lorsque l'oiseau est recroquevillé, c'est un signe qu'il a attrapé froid. Il faut piler de l'oignon rouge et lui mettre ça dans son breuvage.

Les mistons.

Mon père, les yeux braqués sur un couple de rouges-gorges, parla d'un livre à la femme normande, *Le Langage des oiseaux* de Farid Al-Attar, des jardins suspendus de Babylone avec leurs paons et leurs paradisiers.

Elle était bavarde, cette Normande de Deauville. Sa voix chaude descendait directement vers le fond du ventre : elle parlait de la façon dont les Normands tuent les canards. Une façon terrible de tuer !

Ici est installé le vendeur de cages. Un peu plus loin, un collectionneur de livres et de cartes postales expose ses trésors. Face à ce dernier, un vendeur de pigeons, celui qui est venu du Caire, avec ses deux cents sortes de pigeons. Un haut-parleur fait d'une corne de bœuf géante ne cessait de diffuser les chansons des grands musiciens juifs andalous sur les pigeons, sur la fidélité et sur l'amour.

La femme-chef s'arrêta devant un vendeur de serpents, essayant d'expliquer aux quelques personnes qui l'entouraient qu'à l'origine le serpent n'était qu'un oiseau.

« Au premier temps, dans la nuit des temps… le serpent possédait, comme l'oiseau, des plumes et des ailes », dit le vendeur.

Des femmes troquèrent des oreillers farcis de plumes soyeuses contre une sorte de tabac ou de drogue emballée dans une pellicule de couleur noire.

À l'heure où ce marché était gorgé de cages, où étaient incarcérés des milliers d'oiseaux, tranquillement, sur les branches des mûriers, sept hirondelles, peut-être plus, bavardaient ! La femme-chef leva un regard comblé de tendresse et d'affection.

Un homme à l'accent marocain, accompagné de sa femme en djellaba de couleur rose, parla des médicaments extraits des plumes d'oiseaux, surtout l'oiseau de paradis, d'autres tirés d'os d'oiseaux, d'autres des becs d'oiseaux. Sa femme tenait à la main un bendir sur lequel elle donnait des coups de percussion.

Un black soudanais vendait une sorte de sable utilisé comme nourriture pour les oiseaux tropicaux et pour accroître la force sexuelle chez les hommes.

Au fond du marché, à l'ombre du plus grand mûrier et le plus âgé de tous, le vieux conteur, dans son costume, porté une seule fois par an, celui cousu à Damas et dont le tissu avait été acheté à Samarkand, coiffé d'un chapeau en forme de crête de huppe fait d'une touffe de plumes rousses tachées de noir, entouré d'une trentaine de personnes, racontait à un rythme poétique l'histoire de Salomon et de la Huppe.

« ... Salomon se rendit compte qu'un oiseau était absent. Il appela chaque animal par son nom. Et un par un les oiseaux répondirent. À la fin Salomon découvrit que l'absent n'était autre que la huppe. D'un seul coup l'oiseau fut entre ses mains en adressant la parole à Salomon :

"Mon maître, cria l'oiseau, je vous ai ramené une nouvelle que nul n'a entendue. Mon maître, par mes yeux qui ne mentent jamais, j'ai vu un royaume sans pareil, riche, vaste et lointain, à la tête de ce royaume une femme unique dans sa beauté. Et Salomon, le cœur bat fort, ordonna à ses hommes de lui apporter cette reine... Salomon était fou amoureux". »

Un autre marchand, accompagné d'un musicien jouant sur un vieil instrument de musique, Al Hajjouj, récita un long poème écrit par le poète el Hadj Ettahar, d'après la légende *Le Faucon et la Colombe.*

« Vous qui voulez savoir, venez écouter cette histoire,
Et tout ce qui est survenu entre le faucon et la colombe.
Ils sont venus vers notre seigneur Moïse au « jour de certitude », alors qu'il allait
S'entretenir avec Dieu unique et tout-puissant.
C'est la colombe qui arriva la première, pressante.
Elle se blottit sous la chemise du Prophète et s'écria :
"Ô Dieu protecteur !
– Qu'as-tu donc, lui dit notre Seigneur Moïse.
– J'ai peur, lui dit-elle, d'un ennemi qui est à mes trousses, et qui arrive à tire-d'aile."
Sur ces entrefaites,
Le faucon plana au-dessus de leurs têtes, et fonça, hors de lui.
"Ami du Seigneur tout-puissant ! Cette colombe m'est envoyée par la Providence de mon créateur ;
Secours-moi si tu ne veux pas que je meure de faim,
Et si tu ne veux pas avoir sur la conscience tous les maux
Qui pourraient m'arriver !" »

Mon père, à l'insu de tous, vola un petit regard sur la Normande égarée entre les deux histoires :

Salomon et la reine Balkiss et celle du faucon et de la colombe.

La Normande, les pieds dans les plis de la terre, dans le sable chaud, extasiée et les yeux au ciel, se sent comme sur une île déserte dans une foule. Quelque chose, comme les crépitements des braises, s'agite en elle, elle contemple le vol d'un oiseau dans son ciel.

Doucement, le soleil du désert meurt à l'horizon.

Un oiseau, à l'insu de son maître, fend le vent, ouvrant un chemin dans le ciel.

Sonate VII
Le Marché aux abeilles

Au début c'était un quartier d'apiculteurs. Il s'était construit autour de la nouvelle Kaaba. Puis il fut un grand marché aux abeilles. Les apiculteurs étaient des femmes, que des femmes. Elles avaient la même taille. Elles s'habillaient de la même façon. Elles portaient des foulards autour de leur cou sur lesquels étaient brodés des signes d'abeilles impériales. Elles parlaient entre elles une langue qui changeait à chaque saison. Une langue qui ressemble au bruit harmonieux d'ailes d'abeilles. Elles donnaient les noms d'abeilles aux jours de l'année et aux quatre saisons. Ainsi chaque jour de la Cité d'Allah le Beau portait le nom d'une abeille. Elles élevaient trois cent soixante-cinq espèces d'abeilles. Elles avaient des secrets tirés d'un gros livre volé dans le palais d'un empereur qui vivait sur une île entre deux mers, dont on disait qu'elles étaient des mers douces. La femme qui avait volé ce livre des secrets travaillait dans ce palais. Tous les mercredis, jour religieux, elle était chargée de laver les quatre testicules de l'empereur. Oui, il en avait quatre, et il était heureux de son « nid » à quatre œufs, son trésor.

Au marché aux abeilles, il y avait une espèce d'abeilles qui se vendait très cher. Chaque petite bestiole de cette espèce coûtait son pesant d'or de vingt-quatre carats. On racontait que cette petite bête était née de la métamorphose d'une espèce de papillons disparue. L'abeille-papillon ou N'hila, on l'appelait ainsi, était achetée par des princes et des princesses venus de tous les coins de la planète, les poches bourrées d'argent, de pierreries et d'or. Cette bestiole, dont la paire d'ailes à soixante couleurs était utilisée comme porteuse de messages d'amour entre les femmes et les hommes des palais royaux et impériaux, était habile à porter les lettres d'amour pleines de signes et de larmes écrites sur des pétales de rose à une distance de quatre jours de marche. Elle distinguait sa route par une odeur spéciale que dégageait ce rosier ainsi que par le parfum que mettaient les amoureux. On racontait que l'abeille-papillon vivait vingt-cinq ans. Et elle se donnait la mort en se suicidant dans les flammes dès que le couple d'amoureux qu'elle servait n'arrivait plus à se rencontrer. Et elle se donne la mort aussi dès que le couple servi arrivera à faire l'amour en se jetant dans le sperme ou dans le sang de virginité. Elle est fidèle à sa mission.

Et dans quelques livres d'amour et de jalousie, comme celui de Ibn-Hazm, intitulé *Le Collier de la colombe* (*Tawk al hamam*), il est rapporté qu'il était une autre raison pour la mort de cette abeille : dans son âge avancé, quand l'abeille sentait qu'elle avait perdu le pouvoir de suivre les sentiers du parfum d'amour, loin des regards, elle s'enterrait dans le sable pour mourir en cachette et en silence.

On racontait qu'un charmant prince foudroyé par un amour aveugle avait été poussé à faire un voyage de six mois, traversant trois mers et deux grands déserts : des tonnerres et des pluies, des canicules et des froids, des peurs et des peurs, des nuits et des jours, des noirs et des lumières, pour enfin arriver dans la Cité d'Allah le Beau pour se procurer une abeille-papillon de neuf mois et onze jours en échange de sept femmes, trente-trois nègres esclaves et une mule blanche mouchetée de dix ans chargée de ce qu'elle pouvait porter d'or, de merveilles et de soie bengalaise.

La femme-chef, encouragée et soutenue par mon père, s'adonnait elle aussi à l'élevage d'une espèce d'abeilles qui produit une musique et une danse. Au bout de trois ans et quelques mois, la femme-chef était devenue une grande apicultrice. Elle partit jusqu'à Tachkent, puis voyagea sur le dos d'une mule jusqu'aux plus hauts sommets des montagnes bengalaises pour se procurer une race secrète d'abeilles qui produit une sorte de miel rouge utilisé pour traiter une maladie de la peau ainsi que l'impuissance sexuelle chronique chez les hommes. On raconte que cette impuissance chez les mâles a rendu les femmes sauvages et hystériques et que beaucoup d'entre elles ont mangé leurs maris ou leurs compagnons.

Ainsi, donc, c'était cela, et ce qui devait arriver arriva !

Il y avait dans notre cité, la Cité d'Allah le Beau, Loth l'horloger, un homme bizarre dont les poils de la barbe rousse atteignaient sa ceinture, silencieux et bon vaginal, croyant de la première heure. Personne ne savait comment il était venu ou d'où il était venu. Personne, d'ailleurs, ne s'était donné la peine de demander ni son nom, ni sa langue, ni sa terre. Il venait de nulle part et n'allait nulle part.

« Il est coupé d'une branche d'arbre », disaient les uns.

« Déchu d'une labyrinthique histoire de guerre ou abandonné d'un long voyage non accompli ! », disaient d'autres.

« Il est tombé d'un ciel troué et trompeur », commentaient d'autres encore.

Et depuis qu'il était là, il n'arrivait pas à décoller ses yeux de cette voûte bleue : le ciel qui, jour après jour, se cachait de plus en plus derrière les branches des mûriers, des vignes, des sapins, des cèdres des ginkgos et des cyprès !

Loth, hanté par le phénomène du « temps », ne cessait d'enregistrer ses observations dans un gros registre. Il lisait des livres, beaucoup de livres sur les calendriers romain et grégorien, israélite et nasi (ce dernier calendrier était en vigueur chez les Arabes jusqu'à l'événement du « pèlerinage de l'Adieu » du Prophète et qui annonce le commencement de l'ère de l'hégire chez les musulmans, d'autres livres sur l'année lunaire et sur les fidèles compagnons de la terre que sont le soleil et la lune. Il apprenait par cœur le livre *Les Vestiges des siècles oubliés* du célèbre astronome arabe El Baïrouni. Et au bout de neuf mois, peut-être un peu plus, de solitude, de méditation et de travail mécanique, Loth parvint à fabriquer une montre géante : une sorte de machine magique, avec des aiguilles qui ressemblaient à des manches à balai. Une montre-calendrier, grâce à laquelle Loth souhaitait mettre au point un nouveau calendrier en décomptant les jours et les heures de notre cité, la Cité d'Allah le Beau, selon la semaine de six jours et l'heure de quarante minutes. Cette montre-calendrier trottinait de gauche à droite. Le jour où Loth la fit fonctionner, ce jour-là fut décrété par mon père, d'après les conseils de cet astrologue, comme le début de notre ère : le calendrier vaginal.

Ainsi nous vivons notre temps et nous comptons nos jours selon l'ère du nouveau calendrier : le calendrier vaginal.

La population de la cité, la Cité d'Allah le Beau, et avec la permission de mon père, s'était octroyé trois jours pour méditer sur cette fabuleuse machine qui avait été installée sur le toit de la nouvelle Kaaba. Mon père, sensible à la jalousie des autres et à la sauvagerie des brigands, et sans tarder, désigna sept femmes, les plus vigilantes et attentives, au poste de gardiennes de cette montre. Et à cette occasion, ils sacrifièrent des brebis et des moutons avec des cornes de bœuf, et ils mangèrent des chevreaux grillés, du lait de brebis et des œufs, ils consommèrent une sorte de miel qui fait rire et donne une force sexuelle inégale et sans pareille aux femmes. Lui, Loth, était ivre, n'interrompant sa prière devant le sexe hautement épilé de sa femme que pour essuyer les larmes de la joie et de la bénédiction du pubis. Quant à sa femme, consommant une grande quantité de miel, en feu et en braises, elle le fixait d'une paire d'yeux dévorateurs et profonds.

On compte et décompte le temps déversé sur le sable, sur nos dos et dans nos histoires !

Après la création de l'horloge, dotée d'un zodiaque avec des signes nettement dessinés, jouissant de cette précision du temps, de la lumière, des saisons et des horoscopes, les hommes apiculteurs commencèrent à s'intéresser à l'apiculture. Ils réagirent vite en métissant des espèces différentes d'abeilles. Celle du Japon à une autre du Zaïre. Cette hybridation des bestioles provoqua la jalousie des femmes, premières maîtresses de cette culture qui, de plus en plus, devinrent excitées ou éclairées, pensant que les hommes, s'occupant de plus en plus des abeilles, oubliaient de plus en plus leur nouvelle religion et leurs devoirs sexuels.

Après avoir métissé l'abeille japonaise à une autre zaïroise, l'horloger reçut une lettre de menace : « Vous êtes un ennemi du vagin, de la création de cet organe fabuleux, vous n'êtes qu'un athée, un agnostique. »

Après cette menace, l'horloger s'enferma dans une chambre, ne la quittant qu'avec un pamphlet en vers où il expliquait que l'accouplement d'une jument avec un âne donne une mule ou un mulet et que le métissage entre l'âne et l'ânesse produit un âne ou une ânesse !

Avec le temps, quelques fanatiques de cette montre-calendrier oublièrent leur religion, « la religion du vagin », en la remplaçant par une autre qui n'était que l'amour sans pair à cette machine. Et ils diffusèrent une épître à tous les disciples de la montre-calendrier, dont voici le texte intégral : « Grâce à cette montre-calendrier et à notre respect de ce nouveau décompte du temps, nous pourrons à l'avenir faire pousser de la neige dans le désert. Notre cité, la Cité d'Allah le Beau, parce qu'elle est capable de faire pousser une sorte de sable unique en écailles d'or, est aussi habile à faire pousser de la neige. Une neige en quatre couleurs poussera de ses entrailles, selon les saisons repérées grâce à l'entrée du soleil dans les constellations respectives suivantes : le Bélier, le Cancer, la Balance et le Capricorne ; la neige blanche, la neige rose, la neige jaune et la neige noire ! »

Loth fut aussi un excellent architecte. Il avait été chargé par mon père d'inspecter l'aménagement de la ville, notre Cité d'Allah le Beau. C'est lui qui traçait et nommait les rues, les ruelles et les places publiques : place du Mûrier, place du Puits, place des Abeilles, place du Vagin, place de l'Épilation, place des Parfums, place de la Guerre, place de l'Amour et place des Preneurs-de-Scorpions. Sur cette dernière, une fois par an, se rassemblaient les plus grands preneurs de scorpions pour vendre les venins à un étranger qui à son tour vendrait ce liquide rare aux laboratoires en Europe et en Asie et à quelques valets des cours impériales, complices et amoureux de leurs maîtresses, pour assassiner leurs maîtres. Notre cité était connue aussi pour ses preneurs de scorpions et pour la qualité de ses venins dont la vente allait devenir de plus en plus une affaire d'argent et de politique. Les nouveaux contrebandiers avaient créé une route baptisée « la route des Scorpions ». Et c'est lui, Loth, qui donna leurs noms aux onze portes de la ville : porte de l'Oiseau, porte des Abeilles, porte des Chacals, porte de La Mecque, porte de mon Père, porte du Paradis, porte du Ciel, porte de la Soie, porte de la Traite-des-Noires, porte de la Traîte-des-Blanches, porte sacrée du Vagin. Cette dernière était ouverte le jour de la fête du Soleil, les jours où la ville recevait des invités de la classe noble, ainsi que les jours où d'autres tribus venaient présenter leurs allégeances et annoncer leur conversion à notre religion. C'est à lui, Loth, que revenait de droit le pouvoir d'octroyer les permissions aux citoyens pour agrandir des quartiers, ou pour élever une nouvelle habitation.

Mon père quant à lui était chargé de veiller sur la nouvelle Kaaba et de méditer sur la Pierre noire et, une fois par semaine, selon la révélation, il édictait les nouveaux commandements de la religion du Vagin à deux de ses écrivains pour être transcrits sur un papier de riz importé du pays de l'homme jaune. Et c'était lui et lui seul qui avait le pouvoir de donner le feu vert pour la fécondation des femmes. Les hommes n'avaient pas le droit de féconder leurs femmes à n'importe quelle saison.

Ce matin-là, Loth fut retrouvé mort. On dit qu'il s'était suicidé. D'autres langues racontèrent qu'il était un mauvais commerçant de venin de scorpion. Et parce qu'il était devenu amblyope, il avait consommé quelques cuillers du bocal de venin à la place de celui de miel. D'autres racontèrent qu'il avait été assassiné par un groupe de femmes qui le prenaient comme ennemi du Vagin. D'autres affirmèrent que Loth avait été assassiné par mon père en découvrant qu'il n'était qu'un espion envoyé par Imrane, son père. Et Dieu seul détient la vérité, toute la vérité dissimulée dans les cœurs.

Le jour de ses funérailles fut un jour de grand deuil, dans tous les déserts. Il fut enterré auprès de la Pierre noire.

Que Dieu garde Loth dans ses vastes paradis de clémence.

Sonate VIII
La Guerre des femmes

Chargée par mon grand-père, ma mère conduisait une armée constituée de douze cents femmes. À la tête de cette armée féminine, ma mère n'avait rien dans le cœur, excepté la jalousie et le feu de la vengeance. Avant de monter le dos de son cheval, elle avait juré sur la tête de sa mère et sur la lumière de ses yeux qu'elle mangerait le foie cru de sa rivale, celle qui disposait de mon père en l'hivernant entre ses jambes et dans ses hallucinations religieuses. Ma mère était prête à faire la guerre, non pour faire retourner mon père dans sa religion, celle de ses ancêtres et celle de Mohammed – que le salut de Dieu soit sur lui, que sa miséricorde le protège –, mais plutôt pour l'avoir dans ses bras. Elle adorait en lui son odeur unique et charnelle mêlée à l'odeur ambrée de la sueur masculine.

Cinq mois durant, avec une volonté exceptionnelle, elle fut préparée pour la guerre : elle commença d'abord par apprendre par cœur un gros livre de huit cent cinquante pages sur la rouerie des femmes, la science de la ruse, une dizaine de cartes de routes, la géographie et la météorologie des pays et la science des puits. Puis elle apprit à monter le cheval, surmonter la faim, la soif, les géhennes des canicules des déserts et leurs froids glacials. Vaincre les routes infinies qui se versent sur la peau des sables jaunes ou rougeâtres. Et pour apprendre à lire le bleu d'un ciel déséquilibré et sans bord qui tombait à tout moment sur la tête, décrypter les traces des passants et des errants sur le sable, décoder le vent et les quelques touffes de nuages blancs et trompeurs, elle lut et apprit par cœur deux livres, le premier intitulé *Kitab al massalik wa al-mamalik* (« Traité des routes et des royaumes ») d'Abou-Ubayda al-Bakri, quant au deuxième livre dont l'auteur est inconnu, intitulé *Qiyyafat al-athar* (قيافة الأثر – « Livre des traces »), un livre qui démontre « *que les Arabes nomades ont élevé le déchiffrement des traces à un art, qu'ils appellent* قيافة الأثر *(de trace en indice, en signe), qui consiste à déchiffrer et à suivre les traces des pieds et des sabots sur les pistes capables de recevoir l'empreinte. L'expert, grâce à cet art, peut marcher sur les traces imprimées jusqu'à atteindre les lieux où se cache l'homme qui s'est enfui ou l'animal qui s'est égaré. Les sentiers inconnus et les directions non balisées. Les Arabes disaient des bons guides qu'ils sont capables de voir à travers le chas de l'aiguille pour repérer la plus infime trace et extraire un signe qui indique la voie à suivre. Sans eux, les caravanes auraient péri et les armées auraient été décimées* ». Flairer la pluie à trois jours et trois nuits de marche à dos de cheval. Manipuler parfaitement le fusil de chasse *made in Belgium* appartenant à son amant, mon grand-père Vaincre le désir et l'appétence sexuels. Respecter une cure corporelle et nutritive dure pour réduire son sang de menstruation. Enterrer tout sentiment romantique envers les enfants, les maisons et les siens.

Ma mère me révélait à la fin de chaque étape de cette longue préparation à la guerre : « On ne va pas à la guerre, à la mort, sans avoir quelqu'un qu'on aime en situation de danger. On ne va pas à la mort sans avoir le feu sacré de la jalousie ardent et bien enflammé dans le cœur. La voix de ton père me perce l'oreille. Il m'appelle dans mon sommeil comme dans mon réveil, ainsi je réponds en pleine nuit : « J'arrive… j'arrive », et me voici donc sellée au dos de ce beau cheval, sur le chemin qui commence par un pas ou un galop et qui serpentera dans l'infini et filera dans l'inconnu. »

Cette aube-là, et dès la tombée de la première lueur acérée et coupante d'une couleur blanche bleuâtre, ma mère, immergée de bonté, me serra fort contre sa poitrine.

La mère n'est qu'un beau pays aux bras accueillants !

Mon grand-père, les larmes aux yeux, d'un ton tourmenté et excité, donna ses dernières recommandations et ses ordres cavaliers aux sept hommes qui accompagneraient cette armée féminine et dont la mission était bien déterminée : ils étaient chargés d'enregistrer tout ce que l'armée rencontrerait dans sa route vers la conquête de la Cité d'Allah le Beau. Il fut demandé à chacun parmi eux et par ordre alphabétique de retourner tous les sept jours de marche rapportant avec lui, à mon grand-père, les nouvelles de son armée et l'état d'avancement dans le désert. Chacun des sept hommes savants avait en sa possession un encrier et quelques calames dont le roseau ramené d'Ispahan et une rame de papier de riz, un papier de haute qualité.

On disait de ces hommes – Dieu seul détient la vérité – qu'ils étaient des eunuques, dont les testicules avaient été arrachés à coups de hache par mon grand-père.

On disait aussi de ces hommes – Dieu seul détient la vérité absolue – qu'ils étaient connus pour leur prodigieuse force sexuelle. Et ils étaient sélectionnés pour leur particularité physique pour faire face aux besoins charnels des douze cents femmes soldates.

Ma mère, je la vis de mes propres yeux en train de boire, à l'insu des autres et de moi, et d'un seul trait, un verre de sang tout frais. Je vomis quelque chose, un liquide de couleur noire et un corps bleu. Je faillis régurgiter mon estomac. Je constatai que c'était le sang d'un gros coq rouge qui venait d'être égorgé par l'un des sept hommes accompagnateurs. L'animal tremblotait encore des pattes devant la porte de la tente. Le jour s'annonçait cuisant et caniculaire. Quelques chevaux hennissaient, les femmes prenaient place sur le dos de leurs chevaux. Un homme, d'une voix éraillée, se lança dans une chanson triste, plutôt un poème d'adieu, un ancien poème relaté par les enfants de toutes les tribus.

Je regardai ma mère. Je méditais sur sa taille svelte de guêpe. Elle était bien sellée au dos de son cheval alezan, recommandé par mon grand-père. Elle était comme dans un état de transe ou d'égarement. Tantôt elle me regardait, tantôt elle posait un regard bref sur mon grand-père. Elle était envolée dans ses divagations.

À cet instant-là, et pour la première fois, je me rendis compte que ma mère était belle. Démesurément belle. Je sentis un pincement de jalousie dans mon petit cœur. Sur son cheval, elle était comme la statue en or d'une déesse grecque.

Je pense au jour où j'eus mes premières gouttes de sang, mes règles, le sang de la nubilité, les premières douleurs de la femelle dévoreuse. J'avais peur du sang. Je regardais les yeux de ma mère posés sur moi dégageant un feu inclément et féroce. Ma mère, en me regardant, détaillant ma taille fine et élancée, mon corps qui montait dans le ciel, le cou d'une gazelle, mes petits seins qui chaque jour poussaient un peu plus dans la séduction, dans la sédition et dans les yeux de mon oncle et ceux de mon grand-père, je provoquais chez elle une haine agressive qui habitait profondément ses prunelles noires emplies de lumière.

J'étais une femme !

J'aime ma mère. Elle est belle, ma mère. Ma mère est jalouse. Je lui dis en regardant le vent de ses yeux : « Je suis ta fille, je suis ton cœur. » Et ma mère baissa son regard, se déversant dans un silence obscur et sourd.

Ma mère fut énervée quand je mis une robe rouge, et agacée quand je lançai mes éclats de rire dans les allées du campement. Elle fit la moue quand je servis mon grand-père : un verre de thé ou la carafe d'eau. Elle regarda mes mains blanches et mes fesses et ma poitrine. Elle fut irritée quand je croisai mon oncle dans l'écurie des chevaux.

Ainsi, je commençais à me regarder dans le miroir. Je me trouvais belle, identique à ma mère : le nez pointu, la taille svelte, les cheveux longs, le sourire dessiné sur une paire de lèvres charnues, légèrement débordantes et attirantes… ma voix apparentée à la sienne.

Mon grand-père disait : « Ta mère a du miel dans la voix et le soleil dans la peau. » Je sentais que ma mère fomentait un attentat contre moi. De plus en plus, jour après jour, elle se sentait menacée, gênée par ma présence. J'aime ma mère. Dans son état de surexcitation, d'énervement et de répugnance envers moi, je la trouvai comme une enfant : casseuse, embarrassée, agitée, troublante, troublée, effarée et démone ! Et je l'aimais. Elle était ma mère. Elle avait peur de perdre mon grand-père ou mon oncle Abel.

J'insistais pour laver les slips de mon oncle. Je ressentais quelque chose dans ses vêtements intérieurs : une odeur qui me donnait le vertige. Souvent j'ai passé des nuits le nez dans un slip ou une chemise en sueur ! Ah, la sueur de l'homme ! Longuement je me regardais dans le miroir, ou plutôt je rentrais dans le miroir !

J'aimais laver les vêtements intérieurs de l'homme, du mâle !

La dernière nuit, ma mère me confia, en souriant – je constatai qu'elle avait de belles dents, une belle bouche bien dessinée : « L'équitation n'est qu'une autre manière de faire l'amour. Être sur le dos d'un cheval comme sur le corps d'un homme. » Je me dis : ces belles dents ne sont faites que pour le sourire et pour la fascination des hommes.

Ma mère était faite pour fauter et pour guerroyer !

Mon grand-père, triste, perplexe, recroquevillé dans sa carapace de silence, tira quelques coups de baroud de son fusil de chasse *made in Turquie.* Une femme lança un long youyou. Ainsi l'armée féminine, dans un nuage de poussière et de hennissements de chevaux, avança vers le désert des déserts.

Dans cette vague de sable, de hennissements et de coups de fusil, et au fur et à mesure que les chevaux s'éloignaient, je regardais ma mère et je m'apercevais esseulée, égarée, sans racines, rien sur rien.

Je cherchais mon oncle !

Sonate IX
Les Messagers

LE PROPHÈTE A DIT :
Les femmes sont des êtres à qui
la raison et la piété font défaut.

Au bout de vingt et un jours et vingt-deux nuits de marche, mon grand-père reçut le premier accompagnateur. Entre ses mains, le messager lut à haute voix, avec attention et précision, tout ce qu'il avait enregistré à propos de la première tranche de la marche désertique, sur tout ce que les femmes avaient rencontré dans ce chemin sableux et âcre de vingt et un jours et vingt-deux nuits. Imrane, mon grand-père, l'écouta comme dans un rituel religieux. Et pour la première fois je saisis que mon grand-père avait l'écoute lourde. Il était sourd, ou presque :

« Au nom d'Allah le plus grand, au nom de son prophète Mohammed, que le salut soit sur lui, sur les siens et sur ses sept compagnons : mon seigneur, Pèlerin-à-Pied, je jure sur le nom de Dieu que je n'ai enregistré dans cette épître que ce que j'ai vu, rencontré ou entendu. Ainsi, comme vous l'avez désiré, notre armée croyante, protégée par l'ombre d'Allah et celle de son Prophète, a quitté le campement des nôtres ce jour du lundi, jour de vent caniculaire, et avant la tombée du soleil. L'armée, comme vous l'avez ordonné et conseillé en suivant la carte précise et détaillée que vous nous avez fournie, a pris sa route en direction de ladite Cité d'Allah le Beau, pays des ennemis de Dieu, celui des impies, des *vaginocrates* ! Les femmes se portaient bien. Enthousiastes et courageuses, elles ont passé les trois premières nuits sur le dos de leurs chevaux. Le matin du septième jour de notre marche, notre chef-femme nous a raconté le rêve qu'elle avait fait. Et voici le contenu de son rêve : elle avait vu dans son sommeil, sommeil de guerrière sur le dos du cheval – elle était la seule qui n'avait pas quitté le dos de son cheval pendant sept jours successifs –, un vent de sable soufflant fort sur la caravane, puis une pluie d'eau torrentielle, puis une pluie diluvienne de sauterelles de couleur bleu jaunâtre, puis le ciel avait été envahi par une énorme nuée noire d'oiseaux avec des ailes de deux mètres. Et au fur et à mesure que ces oiseaux approchaient, ils se métamorphosaient en cavaliers virils et vigoureux dont les yeux étaient comblés de désir et d'appétence et dont les chevaux n'étaient que des belles femmes toutes nues qui peu à peu, à leur tour, se transformaient en chevaux ou en juments. Les femmes soldates de notre armée musulmane “récoltaient” les cavaliers dans leurs lits. D'autres assouvissaient leurs rêves, leurs envies sexuelles sur le dos de leurs chevaux. La femme-chef a commenté son rêve en souriant : “Il n'y a pas mieux que de faire l'amour sur le dos d'un cheval turbulent et sautillant.” Mon seigneur, les femmes ont la force magique pour vaincre le désert et la peur mais ne pourront jamais vaincre le feu du désir. Leurs corps les tromperont ! »

Mon grand-père, pour bien entendre, pencha la tête, posant sa main derrière son oreille ; à l'instant je constatai qu'il était à demi sourd.

« Après quarante jours, elles allaient devenir des êtres cannibales capables de dévorer l'homme ou tout mâle ayant une verge tendue, droite et rigide. Et à la tombée du noir, du vingt et unième jour, j'ai quitté l'armée pour vous remettre cette lettre. »

Fin de la première épître.

Le messager se retira. Et mon grand-père, pris d'une fièvre frémissante, se glissa dans son lit.

Sonate X
Le Deuxième Messager

Noyez une idée juste,
elle remontera toute seule à la surface.

Annonçant son arrivée, les trois hommes qui accueillirent le messager sur le seuil des portes du ksar jouaient l'air d'une musique officielle de guerre en frappant majestueusement sur la peau résonnante de deux grands tambours. Son cheval était épuisé, après quatre-vingt-trois jours de marche.

Pas à pas, sous la musique des tambours et du ghaïta, il traversa l'allée centrale du camp. Il fut aussitôt introduit chez mon grand-père. Attristé et troublé, ce dernier avait terriblement maigri et séché. Entre ses mains, le messager, sans tarder, et d'une voix affectueuse et tendre, entreprit de lire dans son cahier de journal :

« Au nom d'Allah le plus grand, la prière et le salut sur son Prophète, sur sa postérité et ses siens, et sur ses sept compagnons… »

Et mon grand-père leva une paire d'yeux abattus et épuisés, posa son regard sur le messager. À son tour, ce dernier essaya de fuir le regard assoiffé de son maître.

« Le Prophète, que le salut et la paix soient sur lui, a dit : *"Les femmes sont des êtres à qui la raison et la piété font défaut"*. »

« Ton messager, ce que je suis, ne te raconte que ce que ses yeux ont aperçu, et que ce que ses oreilles ont entendu. Après quarante-trois jours de marche, quelques femmes n'ont pas pu dissimuler le sang de leurs menstruations. Les corps parlaient ! Elles n'arrêtaient pas de consommer de l'eau, une grande quantité d'eau, et commençaient à délirer en évoquant des choses bizarres. Elles parlaient de femmes qui avaient couché avec des loups et des ours.

Aujourd'hui j'ai remarqué les premières traces de larmes sur le visage d'une femme. Les femmes ont entrepris la chasse aux hommes accompagnateurs. Elles ont senti l'odeur du mâle dans l'expiration des chevaux, dans la chaleur nocturne du sable d'erg, dans les hurlements des chacals et des loups. Le feu de la jalousie est déclenché entre elles. »

Mon grand-père, plaçant sa paire de lunettes sur son nez, d'un calme profond et serein, posa son index sur la détente de son fusil et tira trois coups sur le messager.

D'un geste de paix, il ôta sa paire de lunettes, la laissant balancer dans sa corde qui tomba jusqu'au ventre. Paisiblement, dans sa quiétude, il se glissa dans son lit.

Et moi Hager, ou comme disait ma mère « Hageeer ou Hageeeerrr », cette nuit-là je croisai mon oncle Abel, je hochai la tête d'un air entendu et je baissai les yeux sur son sexe : il était là. Et j'embrassai mon oncle Abel.

Sonate XI
Le messager qui n'est pas arrivé

Et parce que le troisième messager n'était pas arrivé, les nouvelles de l'armée furent ajournées.

Mon grand-père, contrarié, ambigu, ne retint pas ses angoisses. Excité, il ne cacha pas ses doutes et ses déceptions. Sous les tentes ombrées de fumée de haschisch, autour des cérémonies du thé, les gens disaient que le messager était tombé amoureux de ma mère, refusant de quitter l'armée. Il passait tout son temps à la regarder, à l'admirer tantôt sur son cheval tantôt allongée sur le sable. Pensive et songeuse, ma mère avait la tête dehors.

Sous d'autres tentes, autour de rien, on relatait que ce troisième messager était mort, perdu dans le néant. Il avait été dévoré par le désert. Plus tard, son épître écrite en forme de poésie fut retrouvée à trente-trois jours de marche du ksar.

Et parce qu'il n'y avait pas de messager, on se contentait de compter les jours et les nuits, aussitôt le temps produirait son événement.

Et moi Hager, ou comme disait ma mère « Hageer ou Hageeerrr », j'étais l'oreille et j'étais l'œil qui ne sommeille jamais.

Ce matin, de partout, du sud comme du nord, des étrangers, une centaine, peut-être un peu plus, envahirent la cour centrale du ksar et les palmeraies avoisinantes

Les Américains débarquaient dans le désert. Le vide n'était plus vide. Le désert parlait, bougeait, bruissait, changeait sa peau de serpent et fascinait. Une grande société hollywoodienne de production cinématographique entamait le tournage d'un long métrage sur la vie sentimentale et aventurière d'Isabelle Eberhardt. Mais qui était cette Isabelle Eberhardt ?

L'œil des nomades s'ouvrait !

Au début, les petites gens de chez nous pensaient que la guerre était déclenchée, quelque part non loin de leurs têtes remplies de vent et de fumée de haschisch, non loin de leurs pieds nus enfouis dans le sable.

Mon grand-père pensait que cette armée n'était que celle de son fils égaré dans sa nouvelle religion de sacrilèges et qui depuis longtemps n'attendait que le moment opportun pour attaquer nos enfants et nos campements pour récupérer sa femme et tuer son frère Abel.

Au bon petit matin, un petit avion ressemblant à un énorme corbeau atterrit sur une large plateforme, une sorte d'aérogare aménagée, à l'insu de tous les habitants, à l'occasion du tournage, sur le sable d'un erg qui dominait les campements et le ksar en forme de ceinture.

Beaucoup de gens importants, très importants, ceux du nord, ceux qui font la politique et vendent le pétrole et le gaz du Sahara aux pays de la neige et des yeux bleus, étaient à l'accueil : des actrices et des acteurs. Ils étaient tombés du ciel.

Nos frères du nord étaient nombreux, hospitaliers et souriants : les trois gouvernants des régions désertiques étaient eux aussi présents, entourés de leurs esclaves et de leurs eunuques. Ils étaient les rois du sud ! Les chefs des caravanes de contrebandiers qui, l'hiver comme l'été, la nuit comme le jour, sillonnaient toute la région frontalière du Grand Sud, dont les dos des chameaux étaient constamment surchargés de marchandises illicites.

Il y avait aussi trois vizirs : celui de la culture, celui de l'artisanat et du tourisme et le vizir des prières, des habous, du croissant et des ablutions. Ce dernier tenait à la main un chapelet, dont les grains en pierreries glissaient l'un après l'autre entre ses doigts. Ses lèvres ne cessaient de marmonner des prières et des psalmodies. Il y avait aussi quelques militaires qui portaient leurs tenues de sortie, une magnifique tenue dominicale.

Des voitures 4 x 4 neuves, une trentaine de 4 x 4 japonaises et américaines climatisées dont les larges et grosses roues avec des enjoliveurs argentés lançaient des jets de poussière derrière elles en sillonnant le sable, tout au long de la journée. Beaucoup d'écriteaux et de photos de réclame entachaient les carrosseries luisantes sous un soleil sec et fort : des marques de voitures, de cigarettes américaines Marlboro, de boissons gazeuses (Coca et Pepsi), de parfums français, de baskets Nike, Adidas et Reebok, de T-shirts Chanel, de polos Boss, de jeans Calvin, de slips, de soutiens-gorge...

Un groupe d'hommes repéra les lieux de tournage. Ils avaient des jumelles et des lunettes de soleil sur les yeux. Derrière leurs verres noirs, ils paraissaient comme tombés du ciel. Ils plaisantaient en se jetant des poignées de sable les uns sur les autres.

Des femmes souriantes, les dents blanches et hautement brossées, de belles jeunes femmes en shorts à volants. Le désert n'était plus nu. Il était couvert par la nudité de ces femmes, par leurs pouffées et leurs caquetées ! Voyant ces femmes presque nues, dont la peau argentée luisait sous ce soleil coriace, la peur de mon grand-père était décimée ou comme abolie. Le sable n'était plus ni muet ni silencieux : des rires féminins en éclats arrivaient jusqu'au ciel, des moteurs ronflaient... Comme une hachure dans le sable jaune, une lignée de camions frigos ressemblant à un long train transportaient de la nourriture importée, toutes sortes de nourritures, et les dix sept marques de bières que préféraient boire les actrices et les acteurs et les sept labels de whiskys et les huit marques de vin blanc dont la plupart des bouteilles étaient frappées du sceau d'une célèbre cave d'Aïn Temouchent, et des eaux minérales. Gênés et désorientés par le bruit de ces machines géantes qui ne cessaient de prendre place aux alentours du ksar, les chameaux, la tête hissée, commencèrent à cheminer un peu plus loin. Et sous les projecteurs des photographes et cameramen, quelques chèvres grimpèrent les maigres petits arbrisseaux.

La belle actrice – elles étaient toutes belles et gracieuses –, celle qui conduisait une grosse 4 x 4 de couleur vert bouteille, on eût dit qu'elle était sculptée par les mains d'un génie, maintenant, s'allongea toute nue sur le sable. Dans ses bras, elle tenait un petit lézard. Avec une appétence charnelle, elle lui caressait la peau âpre et raboteuse. Elle le posa sur ses parties intimes. La bête, sans souci, traîna majestueusement et noblement son corps sur les fesses marbrées de la femme. Attiré par l'odeur génitale, le lézard, dont la peau était rugueuse, dure, pointue et cornée, enfouit sa petite tête pointilleuse et sa queue effilée entre les jambes lisses et bien moulées. La femme, comme évanouie ou évaporée, se donna sans réserve à la bête malicieuse.

Quelques canettes vides de bière allemande Heineken étaient jetées sur le sable, des boîtes de conserve de jambon, de viande, de petits pois... quelques grosses mouches bleues enragées tournèrent autour.

La femme au lézard mâcha avec fainéantise et apathie du chewing-gum Globo. Depuis qu'elle avait mis le pied sur cette terre chaude et sableuse, elle marchait pieds nus : « Avoir les pieds dans la chaleur de ce sable targui est mieux que de passer une nuit dans les bras d'un New-Yorkais », disait cette actrice.

Sur de longs rails comme ceux du train, quatre blacks dont les cheveux étaient colorés en blond clair poussaient une énorme caméra à roulettes. Derrière, le cameraman dont la tête était coiffée d'un keffieh avait pris place sur un banc de trois hauts pieds.

Un autre homme hurlait, ce n'était que le réalisateur.

Une foule d'hommes et de femmes avait envahi le désert : des cameramen fixaient leurs appareils sur des pieds en métal, des ingénieurs de lumière réglaient leurs projecteurs, ne cessant de regarder le ciel et les reflets des derniers rayons du soleil sur le sable qui, à chaque heure de la journée, changeait la couleur de sa peau, des ingénieurs du son dont les oreilles étaient bouchées par des casques, des techniciens qui parlaient dans des talkies-walkies et des maquilleurs et des maquilleuses qui fumaient des cigarettes américaines et du haschisch du Rif du Maroc.

De loin, mon grand-père, blessé par la défection de son troisième messager, méditait sur le corps des actrices répandues sur la dune, en lisant à haute voix le livre d'Allah, son dernier refuge contre ces envahisseurs, ces diables et ces démones.

À la tombée du noir, des projecteurs, plusieurs projecteurs, déversèrent leurs lumières fortes qui aveuglaient l'œil.

La nuit était partie !

De plus en plus, je me rendais compte que Imrane avait perdu la faculté d'ouïr.

La nuit comme le jour, nues, ainsi que des poissons du sable, les actrices s'allongaient ou enfouissaient leur corps dans le cœur du sable.

Les hommes bleus du désert guettaient les corps des femmes versés sur le sable chaud. Et les femmes du désert, celles qui n'étaient pas parties en guerre, guettaient les hommes blancs en commentant et en riant fort : « Les souris blanches ! Les petits pains en blé doux ! »

La caravane ravitailleuse du ksar et des campements arriva ; mon grand-père, comme à son habitude, fut le premier à l'accueillir.

Ce matin-là :

À l'instar de mon grand-père et de mon oncle, moi aussi je pensais à ma mère. Depuis le seuil de cette porte en terre rouge, à l'ombre de ce mur dont les failles étaient habitées par des lézards, des araignées et des ruches de guêpes, où je m'étais installée, je vis deux hommes suivis par une femme d'une taille plus grande qu'eux, un bloc-notes à la main, qui parlaient à mon grand-père. Ils étaient accompagnés d'un traducteur. Je sais que mon grand-père qui parle quatre langues n'avait pas besoin d'un traducteur. Malgré toutes ses sciences et ses connaissances des langues, il se trouvait devant quelqu'un qui ne possédait ni le français ni l'arabe, ni l'hébreu ni le turc : « Cette créature ne parle que l'anglais », commenta mon grand-père.

Et le soir, ce soir-là, mon grand-père dit aux hommes de la tribu rassemblés en urgence sur la place publique du ksar qu'il jouerait dans un film. Et pour convaincre ses sujets, il se plongea toute la journée dans son livre saint, le feuilletant et le refeuilletant, essayant de trouver un verset coranique, une parole céleste, qui évoquât le cinéma pour leur prouver que ni leur religion musulmane ni le livre d'Allah n'interdisaient aux bons croyants de jouer dans des films, même si cela était produit, coproduit avec des chrétiens ou des juifs : « Ils sont les gens du livre, et leurs prophètes Jésus-Christ (Sidna Aïssa Al-Messie) ou Moïs (Sidna Moussa), que le salut et la paix d'Allah soient sur eux, sont cités avec respect et considération dans notre livre le Coran », dit mon grand-père aux gens de la cour qui berçaient leurs têtes en signe de concordance et d'entente.

Je pense à ma mère, dévorée par le désert !

Entre les mains d'une maquilleuse d'une taille de guêpe, sous les projecteurs de trente mille watts, mon grand-père avait complètement oublié ma mère. Elle était envolée !

On n'oublie pas les femmes ruisselantes de douceur et d'histoires mielleuses !

Dans le film, mon grand-père incarnait le rôle d'un chef de caravane qui vend des vivres aux gens du désert. Le vrai vendeur, présent sur les lieux, était jaloux. Au début il refusait que mon grand-père prenne sa place. Puis aussitôt qu'il eut touché quelques billets de banque américains, il se tut.

Mon grand-père, sous la lumière forte des projecteurs, tenait à la main une canette de bière et une cigarette de haschisch, riait, comme le lui demandait le réalisateur. Il cachait ses souffrances et ses brûlures. Depuis un grand trou creusé dans le sable chaud, sous un palmier de fameux doigts de lumière, « Daglet-Nour », toute nue, enfouie dans le sable tout chaud, l'actrice, qui incarnait le personnage d'Isabelle Eberhardt, lui adressa la parole. Mon grand-père, les yeux braqués sur sa chevelure et son cou long de gazelle, lui offrait une canette de bière et un sebci bien bourré de haschisch.

Maintenant, je suis sûre que mon grand-père avait retrouvé sa force d'ouïr. Il avait l'oreille !

D'un œil assoiffé de loup, mon grand-père regardait l'actrice. Il la dévorait ! Sous l'effet du tabac-haschisch, la jeune femme était calme, souriante et pleine d'yeux. Sa peau semée de grains de beauté et de quelques gouttes de perles d'une sueur blanche, sous le soleil ardent, était luisante et éclatante. Elle contemplait le vol libre, solitaire et majestueux d'un oiseau désertique, d'une espèce rare. De temps en temps, elle aussi regardait mon grand-père avec appétit. Il lui vendait un lézard et une gazelle : la peau de gazelle séchée et remplie de paille ou de son ! Mon grand-père parlait tantôt en berbère, tantôt en français, tantôt en arabe et tantôt en hébreu.

Mon grand-père, depuis l'histoire des sept verres de vin bus sous la menace, le chantage et l'intimidation du dernier pacha turc Hikmat Khoja, avait décidé de ne plus parler en turc-ottoman. « J'ai lavé ma bouche de toute vilenie venant de cette langue morte et amère. Je l'ai gommée de ma langue qui ne cesse de réciter quotidiennement le livre d'Allah », disait mon grand-père.

Mon grand-père parla en arabe à l'actrice américaine, langue du paradis, langue du monde de l'au-delà, ou plutôt il lui lut dans un livre, un gros volume relié en maroquin noir, une vieille couverture de peau de cochon ou de chamelle, *Nouvelles de femmes,* d'un certain écrivain arabe libertin, Ibn-al-Kayyim al-Jouzia (né à Damas en 1292, mort en 1350) :

« Celui qui veut une femme pour le plaisir, il n'a qu'à prendre une Berbère, celui qui la veut pour les enfants, il n'a qu'à prendre une Iranienne, et celui qui en veut une pour le travail, il n'a qu'à prendre une Européenne. »

Le réalisateur ne cessait de hurler comme un chacal enragé.

Et le calife demanda à l'un de ses hommes conseillers : « Quelle est la femme la plus aimée à ton cœur ?

– La soumise », répondit l'autre.

Ainsi donc, c'était cela, et ce qui devait arriver arriva !

Sonate XII
Le jour qui abrite tout le temps

Le lion dit à l'âne :
Je te prête deux livres d'orge
mais je te mangerai après !
PROVERBE KABYLE

… Puis la nuit descendit. Dans la voûte du ciel silencieux s'allumèrent une à une les étoiles étincelantes.

« Ô messager qui viens d'arriver, es-tu porteur de nouvelles de mort ou de nouvelles de vie ? De gloire ou de défaite ? »

En réalité, celui qui venait d'apparaître, la tête serrée dans un turban en soie ou en mousseline, n'était qu'une femme déguisée en homme-messager. Une femme naufragée, une belle égarée au fond de l'abîme d'une passion complètement démesurée. Après un peu plus de onze semaines de marche, Hizia, ceci est son nom, n'avait pas pu résister face à l'ardeur de son corps embrasé par des envies criantes qui provoquaient des gémissements nocturnes aigus et des hurlements charnels sauvages. Hantée par son homme, abandonnée à sa tristesse et à sa solitude, larguée dans la poussière des sabots de son cheval, l'œil collé à son œil. Celui qui, au fond des casemates désertées par une armée antique, en toute clandestinité, fabriquait un vin blanc unique extrait de palmes et d'herbes ainsi qu'un remède pour entretenir et affermir la force sexuelle.

« Il a réveillé en moi le parfum de l'assassin », disait la messagère.

« ... À l'accoutumée, et comme à chaque sieste, cela durait depuis l'apparition des premières couches souillées de sang, commença la séance durant laquelle les femmes flairaient et humaient les vêtements des mâles. Les quelques femmes soldates, qui résistaient encore, exposèrent le dernier messager, tout nu, et dans un déluge de gémissements, de plaintes et de chants religieux, elles jetèrent sur son corps des pétales de roses séchés et du parfum d'essences d'herbes et de fleurs sauvages. Et à tour de rôle, les femmes enfoncèrent leurs nez entre ses jambes pour sentir l'odeur du mâle se dégager de ses parties sexuelles. L'homme, allongé par terre, n'était qu'un eunuque, une masse froide et frigide n'ayant dans la bouche qu'une prière (Il n'y a de dieu que Dieu et Mohammed est son prophète) et trois dents recouvertes d'or jaune.

En vain, essayant de réveiller son érection et d'allumer son désir, de réveiller le mort, les femmes déployaient tous leurs efforts de séduction. Elles le massaient. Elles le caressaient partout. Elles câlinaient son sexe. Elles dorlotaient ses testicules. Elles le berçaient. Elles le prenaient, à tour de rôle, dans leurs bras. Et l'érection était comme toujours défaillante.

Les femmes s'abandonnaient à ces séances siesteuses de renifle, cela depuis la quarante et unième journée de cette traversée difficile et rude.

Hizia, le corps en flammes et en cendres, face à cet eunuque messager, cette chose inerte allongée par terre, hurla en direction des autres : « On ne cherche pas le mâle dans la morgue. On ne cherche pas la chaleur dans un cadavre vivant. »

« Alors mon seigneur, j'ai décidé, au nom de Dieu, d'assassiner ce dernier messager », confessa la femme à mon grand-père.

Ainsi donc, c'était cela :

Hizia s'agrippa à l'étrier du cheval du messager assassiné, étendu encore dans son sang frais, se parfumant de son parfum, un parfum d'eunuque, récupérant son registre en papier de riz et désertant son armée, ou plutôt ce qui restait de cette armée féminine.

Hallucinée, délirante, en pleine nuit elle s'écria en saisissant fort, violemment et à pleine main son sexe dévoré par une irritation agaçante, excitante : « Je voudrais mourir dans les bras de mon amant. J'ai été son champ de labour. Il me faisait l'amour cinq fois par jour sans interrompre sa belle lecture mélodieuse du livre saint le Coran. Et il accomplissait, en bon croyant, sa prière cinq fois par jour. J'ai été sa prière et sa religion et il était mon paradis, le délice de mon enfer et ma fontaine. »

Avec l'arrivée de ce dernier messager, cette femme déguisée en homme, porteuse de la nouvelle de la fin tragique et poignante de l'armée féminine, l'arbre des rêves était consumé.

Et mon grand-père Imrane ben Ayoub, les traits desséchés d'un visage encadré dans une barbe blanche colorée de henné, sans même se donner la peine d'écouter ou de lire ce message incomplet rédigé par la victime, se retira dans sa tente. Enseveli dans un linceul de silence et de grisaille, l'air hagard, il planta, des heures et des heures durant, ses yeux éteints et ternes dans un ciel aveugle, s'effondrant dans un délire continu, psalmodiant le Coran le jour et déclamant le poème d'amour de Hizia (un célèbre poème populaire d'amour écrit par le poète Benguitoune), à la tombée du noir.

Habité par un sentiment d'anxiété ou d'égarement, mon grand-père fuit le regard des gens de la tribu, les siens, ceux qui avaient perdu leurs femmes dans cette guerre des déserts. Plongés dans un silence bruyant, ils le fixèrent avec une tristesse confuse et honteuse.

Seul devant une paire d'yeux réfugiée derrière des lunettes d'un verre épais, les mains tremblantes, mon grand-père déroula le papier de riz pour déchiffrer le dernier message apporté par la femme déguisée :

« Cette nuit, un petit groupe de femmes jalouses ont tenté de renverser Balkiss. La tentative a échoué.

Ce matin de notre soixante-deuxième jour, une femme a été retrouvée tuée par un énorme scorpion.

Une autre, dans la soirée, a été tuée par un serpent. Balkiss est accusée par les autres femmes, le groupe des rebelles, d'avoir assassiné ces deux femmes. La jalousie tue !

Les femmes ne cachaient pas leurs désirs. Elles ressentaient de plus en plus une envie sexuelle aveugle, ardente et féroce. Elles nous harcelaient. Elles étaient de plus en plus excitées, irritées ou agacées. Les hommes !, dans leur hallucination, avaient peur que les femmes tombent toutes enceintes ! Et par conséquent, que la guerre soit perdue. Qu'importe !

J'avais perdu mon érection et ma force sexuelle.

Ce matin les femmes, toutes les femmes, se réveillèrent avec des yeux rouges. On parla de la cécité. On évoque une démangeaison saharienne qui attaque les organes sexuels et les yeux.

Secret et urgent :

Une rumeur circule dans les rangs de notre armée. On dit qu'en approchant de l'ennemi qui se trouve à trois jours et trois nuits de marche, ce dernier, conseillé par son horloger, celui qui sait bien calculer les positions des astres, a envoyé sur nous une chaleur charnelle et une odeur de mâle qui ne cesse d'allumer les corps par une soif de sexe sans égale.

Balkiss est la première de toutes les femmes de notre armée qui a détecté l'odeur du mâle. Elle n'a pas pu cacher sa joie et sa jubilation, et en pleine nuit elle a crié : « C'est l'odeur de mon mari, l'odeur de Caïn. » Et depuis elle a commencé à croire en cette force céleste et en cette religion annoncée par son mari.

Au fur et à mesure que l'odeur du mâle approchait, les femmes se libéraient de leurs complexes et de leurs peurs. Et je réalisai que beaucoup d'entre elles étaient devenues des lesbiennes. Ainsi elles s'adonnaient sans gêne et sans timidité à leurs rituels de sexe lesbiens.

Quelques autres femmes avaient choisi de coucher avec un cheval dont le sexe était passible, admissible et tolérable. Elles répétaient, dans une langue pieuse et psalmodiée, que tomber sur un cheval avec ces caractéristiques, dans un désert sans rives et sans clémence, n'est qu'un don d'Allah le miséricordieux et le généreux !

En lisant et relisant le célèbre traité d'agriculture et de botanique intitulé *Kitab an-Nabat (Le Livre des plantes)* d'Abou Hanifa al-Dinawari, le septième et dernier eunuque, un mystique savant avait découvert, pour un groupe de femmes qui l'avait menacé de mort, une plante rare et mythique qui s'appelait « plante du désir et de l'exacerbation » et qui, en la mastiquant, rendait apte à donner un plaisir sexuel sans égal.

Quelques autres femmes soldates, dont l'âge était un peu avancé, tuaient leur inquiétude et leur détresse sexuelle en se racontant les contes et les histoires les plus grossiers et insolents. »

Ainsi donc, c'était aussi cela : on racontait que Imrane, notre pèlerin-à-pied, en lisant cela, avait dégringolé dans la folie, ne parlant que de ma mère, Balkiss, et des loups. Jurant sur la tête de son cheval qu'il vengerait l'honneur de ma mère, de sa belle-fille et des autres.

Et le lendemain, seul enfourchant le dos d'une ânesse qui trottinait sous son gros corps, dont les pieds touchaient presque terre, il prit le chemin du sable, dans le sable. Ainsi on n'entendit rien de lui. Il s'éclipsa.

Sonate XIII
La Dévoreuse du foie humain cru

Le silence ce n'est pas ne rien entendre !

D'ici, depuis le dos de mon cheval, je distingue la Cité d'Allah le Beau. Une envie sexuelle se réveille en moi, entre mes fesses je ressens la selle comme un sexe mâle en pleine érection. Et je sens l'odeur céleste, paradisiaque, divine et animale du mâle ! D'ici elle n'est qu'une tache étirable et discontinue. Un nuage immense de couleur vert jaunâtre.

Et soudain, à gorge ouverte, dans un état de transe, les femmes cavalières crièrent en exposant leurs seins et balançant leurs tresses longues, colorées d'un henné ambré : « Voici le parfum du paradis et de son Prophète : l'odeur du mâle ! » Et aussitôt, ensemble, debout, encore sur le dos de leurs chevaux, elles se mirent à pisser en lançant des youyous qui se répandaient dans les pans du désert.

Par quelle porte entrera-t-elle dans la ville, la nouvelle Mecque ? Comment franchira-t-elle les murs de la Cité d'Allah le Beau ?

Et comment connaîtra-t-elle le goût du foie cru de son ennemie, sa rivale, l'autre Balkiss ?

Les yeux grands, noirs et complètement fermés, prise par une fièvre bouillante guidée par le sens de son odorat, tout droit, elle se dirigea vers la tente qui abritait son mari, le prophète du désert et du désir, Caïn. Elle le regarda d'un œil chargé de feu, de tonnerre et débordant de haine ou d'amour. Lui, plongé dans sa quiétude, sa paix et sa sérénité, doucement, leva son regard d'un livre sur la botanique, la dévisagea de haut en bas, de bas en haut, puis, lentement, replaça ses deux yeux doucement entre les pages jaunes de son gros volume, comme pour ne pas provoquer les lettres et les mots !

Une fois le regard de Caïn cloué entre les pages, quatre femmes toutes nues s'approchèrent de Balkiss et, sans déranger ni perturber la lecture de Caïn, ni encombrer sa méditation ou sa quiétude, elles remorquèrent la femme à l'extérieur.

Caïn ne bougea pas d'un iota.

Balkiss éclata en sanglots continus, un pleur aigu et amer.

Et le soir, Caïn donna l'ordre à ses sujets d'épiler le pubis, le derrière et les concaves des oreilles de ma mère. Pour la cérémonie de l'épilation orientale, les épileuses utilisaient une pâte confectionnée à partir d'un mélange de propolis et une sorte de sulfate rouge. Ce mélange magique avait la force d'épiler les poils et le duvet et de réveiller l'appétence sexuelle la plus sauvage et primitive.

Déterminé, hardi, Caïn donna l'ordre ferme à sa garde féminine religieuse de coudre les lèvres de tous les vagins des femme envoyées par son père, puis de les conduire et les loger dans une grande écurie en dehors de la Cité d'Allah le Beau.

En sortant de sa loge, Caïn se rendit compte qu'il avait perdu la tête, son ombre ainsi que sa voix. Il regarda le ciel caché derrière les branches et les feuillages des arbres et des plantes et à haute voix cria, sans bruit et sans son : « C'est la malédiction. » Et sans tarder, il se faufila dans la tente de Balkiss. Elle était étendue sur un tapis imprimé de signes et d'écriture. Nue, épilée et parfumée, elle le regarda dans les yeux.

« Je vois des oiseaux dans tes yeux, dit Balkiss.

– J'ai perdu la tête de mon ombre », répondit Caïn en présentant un grand bouquet de fleurs à ma mère.

« C'est *Lawsonia Inermis*, la fleur favorite du prophète Mohammed », répéta Caïn trois fois.

À l'ombre de cette tente, Caïn avait oublié son ombre perdue dans les allées de la cité.

« Tu n'as pas changé, ni l'odeur de ta sueur ni les couleurs de tes yeux », lui lança Balkiss. D'un geste lent et vicieux, elle reçut le bouquet de fleurs, puis apaisée et séduisante le posa sur son pubis charnu, rond, bombé et hautement épilé. Aussitôt la fleur *Lawsonia Inermis* dégagea un liquide liquoreux, sirupeux et onctueux qui finement coula entre ses jambes encore marquées par la trace de la selle de son cheval, réveillant peu à peu en elle un tonnerre de feu et un orage.

Caïn, pris par la beauté du sexe de sa femme, pensa à son père Imrane et à son frère Abel. Il retourna son regard, marmonnant quelques prières.

Le regard posé sur le beau cheval attaché au tronc d'un mûrier utilisé par l'autre Balkiss pour élever et nourrir les vers à soie, ma mère, pleine de grâce et de séduction, tomba dans les bras de mon père. La porte de la tente, dressée sur une crête chauve dominant les campements, était fermée par un simple rideau d'indienne à fleurettes. L'ombre de la tente s'allongea de plusieurs fois sa taille sous les rayons obliques du couchant. À l'intérieur étaient placées deux amphores antiques au fond pointu contenant de l'huile d'olive berbère et une boisson appelée Mahia de dattes que la femme rivale distillait de ses propres mains.

Elle lui dit, l'œil sur le cheval, qu'enfant elle avait été élevée dans le désert et qu'elle n'avait tété que les mamelles généreuses d'une louve clémente !

Et Caïn, en écoutant son histoire qui, comme sortie d'une page ou de la bouche de Shéhérazade, rit aux éclats, comme un enfant, en passant sa main droite dont les doigts étaient habillés de plusieurs grosses bagues en or et en argent sur son pubis, en lui donnant des caresses sur les seins encore bien dressés, bien bombés, hautement ballonnés, et en la chatouillant sur le trou de son nombril.

Ils retrouvèrent leurs enfances !

À son cinquième verre, Caïn dit en sirotant avec appétit le fond d'yeux de ma mère, noirs, provocants et fatigués par la route et par la jalousie : « Les femmes disent beaucoup de mensonges ailés et prophétiques et des sottises illuminées ! L'homme a besoin des mensonges féminins qui font la vérité du monde. »

Et les heures s'écoulèrent, heure après heure, avec une fraîcheur berceuse et magique. Une brise légère, de temps en temps, faisait danser les palmes et le rideau.

Et les jours s'écoulèrent, jour après jour, couche après couche !

Et les cinq aiguilles de la montre-calendrier de Loth placée sur le toit de la Kaaba tournent de droite à gauche, décomptant les semaines de six jours, les heures de quarante minutes et les positions du soleil, de la lune et de la terre.

Balkiss, le regard perdu dans l'azur du ciel, était amoureuse du cheval de celui qui savait cultiver *Lawsonia Inermis*, la fleur élue du Prophète, manier le calame, lire le sable et monter les selles, Caïn !

« J'ai aimé le cheval avant celui qui le monte. La femme affectionne et chérit le cheval dans son homme », dit Balkiss à Caïn, en lançant un rire long, harmonieux et agréable.

Ainsi, et durant quarante-cinq jours, Caïn ne quitta sa loge que cinq fois pour examiner son champ de *Lawsonia Inermis* ou pour laisser aux femmes épileuses un peu de temps pour exécuter leur travail.

Au bout de quarante-cinq jours, ma mère était enceinte.

Une fois ennoblie par le bébé dans le ventre, elle quitta sa loge à la recherche de sa rivale. Celle qui, cinq ans durant, lui avait volé son homme, Caïn. Elle était cuirassée d'un sabre hautement aiguisé, acheté d'un chef d'une tribu soudanaise célèbre pour ses connaissances dans le commerce et la fabrication des armes. Ce glaive à deux tranchants, appelé Sayf Ali ben-Abitaleb, disait Imrane, avait été acheté en échange d'un chameau et de treize caisses de blé dur.

Afin de ne pas semer la pollution charnelle et spirituelle, de ne pas allumer le feu de la sédition et de la diablerie dans la Cité d'Allah le Beau, les femmes, celles de l'armée féminine, furent condamnées à une peine recommandée et écrite dans le livre de la nouvelle religion « Religion du Vagin » : tous les vagins furent cousus par un fil d'or. Et selon la même loi en vigueur, ces femmes n'avaient pas le droit de vivre dans la cité sacrée jusqu'à l'âge de la ménopause. Elles étaient placées sous haute surveillance, dans une étable réservée à l'élevage d'une race de chevaux en voie d'extinction, postée en dehors de la Cité d'Allah le Beau. Elles avaient le droit de coucher avec les femmes lesbiennes afin de ne pas avoir d'enfants. La montée des chevaux, la consommation de miel et l'élevage des tortues leur étaient interdits.

Ce soir, et parce qu'elle était sûre d'être enceinte, ma mère était disposée à verser le sang de sa rivale. Elle était bien préparée pour commettre le crime.

L'autre Balkiss s'était éclipsée. Dans son silence, elle aussi préparait un autre assassinat, celui de son amant, mon père.

Sonate XIV
La Prière de l'irrigation

Ainsi donc, c'était cela !... et cela n'est qu'un film !

Depuis cette tente j'aperçus, moi Hager ou comme aimait dire ma mère, « Hageeer, Hageeerrr »...

Camouflée sous les pans d'un haïk noir tissé de vraie laine de chameau, l'actrice américaine qui jouait le rôle d'Isabelle Eberhardt se préparait, dans la foule des croyants, pour aller accomplir, avec les autres prieurs, la prière collective de l'irrigation. Ses yeux étaient plantés sur l'imam dont émanait une odeur de bouc.

Sous un soleil terrifiant et inclément, une foule averse, fourmillante et aveugle, un nuage d'êtres humains avançait : vieillards, hommes, jeunes, moins jeunes, enfants... suivis, à une centaine de mètres, par un groupe de pleureuses composé de neuf veuves habillées en noir, du noir corbeau exclusivement. Il y avait aussi des chiens errants et des chats maigres foulés par les pieds des marcheurs et chassés par des groupes d'enfants.

À la tête de cette foule frétillante, le regard enterré entre les jambes, on distinguait la barbe du vizir de la prière, des ablutions et des habous, entouré de ses onze collaborateurs qui constituent ladite « Lajnat al-Ahilla » (commission des croissants), celle qui, deux fois par an lunaire, guette la naissance du croissant annonciateur du premier ou du dernier jour du mois de carême musulman. Les marcheurs, et comme le recommande la tradition, visage plein de boue, pieds nus, tête nue, cheveux décoiffés, se hâtaient, se bousculaient, enfilant leurs vêtements, de couleur grise ou sombre, à l'envers.

La crue humaine avançait en avalanche, brandissant une centaine de drapeaux sales et froissés frappés de croissants et d'étoiles ainsi qu'une vingtaine de foulards et mendils, de couleur vert et blanc. Ce carnaval de tissus était attaché à des roseaux, à des barres de fer et à des cannes. Ivres de peur ou de foi, les hommes, par convois, avançaient. Un nuage de mouches tropicales volant autour des têtes piquait les yeux des vieux et des enfants. Seul le ministre de la prière, des ablutions et des habous tenait à la main un éventail de palmes, remuait de temps à autre ses lèvres, comme en priant. Les enfants, beaucoup d'autres enfants, postés tout au long du chemin sableux et poussiéreux, badinaient en éclatant de rire et lançaient des pierres sur les chiens errants et sur les trois chats noirs et zébrés qui, sans peur, marchaient dans la foule !

Au-dessus des têtes se dressait un soleil de plomb. Nous étions à la saison des labours !

Les convois d'hommes cheminèrent vers un grand terrain vague de prière collective. Quelques vieux étaient portés sur le dos d'ânes maigres et osseux. Une ânesse en chaleur mâchait sa langue en dégageant sur les extrémités de sa bouche une mousse blanche et savonneuse, fixant d'un œil plaintif et comblé de désir le gros machin tendu entre les pattes d'un grand âne ressemblant à un mulet.

Ici s'organisent les courses de chevaux, de chameaux, d'ânes, ainsi que le cirque royal britannique. Et c'est ici que les croyants de cette tribu oubliée sur ces dunes accomplissent, chaque année, les deux grandes prières musulmanes : la prière des deux aïds, l'Aïd essaghir, fête des gâteaux, et celle de l'Aïd el-kebir, fête du mouton. Et c'est ici, aujourd'hui, que les croyants effectueront une prière spéciale, appelée « prière de l'irrigation », demandant au ciel un peu d'eau, un peu de pluie. Dieu exauce le souhait des bons croyants.

Le vizir de la prière, des ablutions et des habous avait l'œil sur cette belle femme enrobée dans son haïk noir. La femme marchait dans la foule suffocante. Essuyant de temps à autre sa sueur, laissant apparaître un visage éclatant, dont les yeux étaient en feu noir, fortement étincelants ! L'œil de monsieur le ministre de la prière, des ablutions et des habous ne faisait pas sa sieste !

La caméra filmait. Et l'actrice, sous l'œil assoiffé du ministre de la prière, des ablutions et des habous, avançait, interprétant le rôle d'Isabelle Eberhardt.

Le réalisateur ne cessait de crier ses ordres à ses collaborateurs qui, à leur tour, tentèrent d'encadrer la foule qui, peu à peu, déborda.

À l'instant le ministre se souvint de ses années de jeunesse passées au Maroc, fuyant la guerre : ses beaux jours à Casablanca sous les murs de son saint patron Sidi Beliot, en train de guetter les femmes venant chercher un remède pour la stérilité, l'impuissance sexuelle ou le retard du mariage, son séjour à l'université de Karawiyyine de Fès, où il avait fait la connaissance d'une veuve, une belle femme juive fessue descendante d'une famille citadine d'origine cordouane. Elle soutenait les jeunes Algériens venus terminer leurs études. Elle leur donnait une bourse de vingt centimes de dirham par semaine. Elle avait ouvert pour eux une maison d'accueil. « C'était une femme exceptionnelle, généreuse et courageuse. Elle savait bien faire l'amour. Depuis qu'elle avait quitté son amant, un notaire fasi, gros et avare, elle me réclamait de lui faire l'amour surtout quand elle avait ses règles. Elle adorait faire l'amour dans ses jours de sang. Elle aimait être le gibier ! Elle était toujours souriante, propre et confiante. »

Les habitants disaient que la population n'avait pas besoin de faire cette prière : « Dieu nous a donné notre part d'eau », disait un humble. Cette prière était organisée par le ministre de la prière, des ablutions et des habous, commandée par le chef de la région militaire, répondant à une demande du grand réalisateur américain ! Quelques langues, celles des impies, les mauvaises langues !, disaient que le ministre de la prière, des ablutions et des habous avait encaissé mille cinq cents dollars contre chaque tête croyante figurante marcheuse dans cette séquence de la prière de l'irrigation ! D'autres mauvaises langues disaient que notre ministre de la prière, des ablutions et des habous avait encaissé cinq mille dollars par tête, d'autres disaient qu'il avait été reçu par le président américain et avait été gratifié du titre de « grand citoyen américain » ! Oh ! les mauvaises langues, les mécréants ! On disait qu'il avait été marié pendant dix-sept jours, mariage de plaisir permis par l'islam, avec cette star américaine du cinéma. Et que cette dernière, amoureuse de notre ministre, après le film, s'était convertie à l'islam. Elle était devenue sa cinquième épouse. Elle s'était achetée un vieux ksar abandonné par un ancien roi targui du Sahara, et avec son argent américain, elle avait construit une grande mosquée où elle avait décidé d'être elle-même l'imam de sa nouvelle mosquée. Elle fut la première imam femme dans l'islam qui dirigeait les cinq prières quotidiennes où les hommes venaient de plus en plus nombreux. Et elle souhaitait, comme toute croyante soumise, avoir des enfants légitimes, les faire grandir et les éduquer selon la charia islamique, loi d'Allah et de son Prophète ! Les mauvaises langues !

Moi Hager, fille de Caïn, je suivis la foule cherchant mon oncle, prieur de fêtes, celui que j'avais embrassé sur la bouche dans l'écurie du cheval parmi les marcheurs, celui qui buvait du vin et faisait la prière deux fois par an : les deux prières de fêtes.

Et dès la fin de la prière, un petit avion américain survola la foule et, d'un seul coup, déversa des trombes d'eau sur les prieurs. Un cameraman filmait la séquence. Les gens pleuraient en priant Allah, les mains tendues vers le ciel : Dieu avait exaucé leur demande. Il pleuvait sur le désert ! Une pluie américaine ! Zoom sur le ministre de la prière, des ablutions et des habous, dont le visage ruisselait complètement de larmes.

Ainsi donc cela était fait !

Une fois que le tournage fut fini, mon grand-père fut recompensé. Ils lui offrirent une voiture de type 4 x 4, soixante-douze cartons de cannettes de Coca-Cola, cent vingt cartons de bières Heineken et quelques dollars en billets : des billets de cent, de cinquante et de dix. Mon grand-père n'hésita pas à distribuer ces billets ainsi que les Coca aux siens. Il ne garda pour lui que les bières, la voiture climatisée et une grande photo de l'actrice en bikini.

Durant la dernière nuit du tournage, on dit que la belle actrice américaine avait été enlevée par un groupe de trente-cinq barbus, arrivés sur les lieux dans un camion plein d'armes et de vivres. Ils avaient tiré quelques coups en l'air pour faire peur aux gardiens.

Ce n'était pas vrai. L'actrice avait l'œil sur mon oncle, que j'avais embrassé sur la bouche et qui m'avait frotté mon petit sexe assoiffé avec sa main magique.

Sonate XV
Extase

Dans le désert, voyez-vous,
il y a tout et il n'y a rien.
C'est Dieu, sans les hommes

Une passion dans le désert
BALZAC

Comme les yeux d'un cheval fatigué, ramassé sur lui, fumant avec appétit son sebci, une sorte de pipe de haschisch, et psalmodiant quelques versets du livre sacré, mon grand-père était comme absent, agrippé à son ciel.

Lui qui avait été jadis un homme de voyage, de sable et de nuage, était désormais installé sur un tapis trompeur de mots, comme au-delà des sept mers et des sept terres. Et dans ce carrefour de vents, de couleurs, de lumières, ses jours se déployaient sur le sable qui à son tour se défaisait sur le sable. Il sommeillait à la belle étoile, à ses pieds les débris de quelques lumières maigres disséminées au seuil des ksour et devant les tentes des campements abandonnés, depuis presque trois mois et dix-sept jours, par les femmes.

Les Américains, dans leurs camps climatisés, bavardaient et écoutaient de la musique en consommant de l'alcool, fumant du haschisch et dévorant un méchoui qui avait été minutieusement préparé par mon oncle. Une cuisson spéciale où le mouton avait été enterré dans le sable, enveloppé dans les braises, assaisonné avec du beurre et des épices targuies.

Sous la lumière pure et transparente de la lune, un autre groupe d'Américains, et sur un large lit de sable, s'adonnaient, peut-être pour la première fois dans leur vie, en plein désert, à une séance d'amour collectif.

Un Américain riait aux éclats, avouant à sa compagne qu'il avait longtemps rêvé de pisser dans le sable, en plein air, comme ça. Il était aux anges, envolé et ravi d'ouïr le bruit et la musique de son urine affilant dans le sable de grains dorés. La nuit, le sable exhalait un parfum singulier et émettait un murmure de silence et un bruit de prière.

Dans sa solitude, mon grand-père sentait que le désert n'était plus à lui, à lui seul. Le ciel aussi ne lui appartenait plus. La nuit entêtée refusait de tomber sur les yeux noisette étincelants et larmoyants qui restaient braqués sur l'horizon où la lumière en vagues bleues de l'aube heurtait le ciel de plein fouet. Dans ses bras, il ne serrait que du vent ou un sentiment ressemblant à un aigre regret d'avoir envoyé Balkiss à la guerre. Alors, porté par le vent du songe ou de la défaite, il se trouvait comme dans un conte qui serpente dans la souffrance et les péripéties catastrophiques sans fin et sans bord.

La solitude est une guerre !

Pour la première fois depuis la fugue de mon

père, son fils aîné, ma grand-mère quitta son lit. C'était une chose phénoménale, un jour exceptionnel. Elle leva sa voix oubliée par tout le monde : « Je veux aller mourir. »

Je la regardai. Elle était éteinte. Jour après jour, je ne trouvai en elle que de la cendre, une braise mouillée et une sorte de bois froid.

Elle s'était retirée dans la prière et dans l'amour de Dieu.

Elle avoua à qui voulait l'entendre qu'elle était battue. Battue et réduite.

Et ainsi ma grand-mère déposa son arme, avant même d'aller mourir au pied des pierres tombales du Prophète, à La Mecque.

En l'absence de ma mère perdue dans ses guerres, je prenais sa place. Je me regardais dans le miroir. J'habitais le miroir. Je surveillais mon grand-père le fou. Et j'attendais le retour de mon oncle, le noctambule !

Le jour de son départ à La Mecque, ma grand-mère était heureuse. Elle avait prié Dieu pendant trois jours et trois nuits, en lui demandant de mourir au pied du Prophète et de ses compagnons. Ce soir-là, elle demanda pardon à mon grand-père. Elle lui lava les pieds en signe de soumission et de foi. Elle demanda aussi pardon à ma mère absente. La veille de son départ, elle était accompagnée d'un nègre esclave nigérien acheté par mon grand-père le jour de ma naissance, il y avait de cela seize ans. Ce soir-là, en présence de quelques hommes fatigués de la tribu, mon grand-père annonça la libération de cet esclave : « Au nom d'Allah et au nom de son Prophète, que le salut soit sur lui, je te déclare “libre”. »

Et pour la première fois depuis neuf ans, ma grand-mère supplia mon grand-père de lui faire l'amour.

« C'est un devoir de voyageur, ceux qui partent pour les lieux saints, c'est une prière », dit mon grand-père. Et mon grand-père, en bon croyant, exauça le souhait de ma grand-mère : il lui fit l'amour et lui pardonna ses moments d'impiété, d'insoumission et d'hérésie. Mon grand-père avait un cœur blanc et clément. Il marmonnait, comme en priant : « On ne meurt qu'une seule fois et quand on a fait son temps. »

Mon grand-père, sur un ton sage et pieux, parla à ma grand-mère : « La soumission de la femme à son mari, à son père, à son frère, à l'homme en général est sa prière. Elle est son chemin vers Dieu et vers ses vastes paradis. »

Ma grand-mère, effacée, les yeux larmoyants, le regard baissé, écouta son maître comme un petit enfant. Mon grand-père persista : « La tombe de la femme est plus profonde que celle de l'homme, parce qu'elle commet beaucoup de péchés. La femme, par son amitié avec Satan, est capable d'envoyer deux cents hommes à l'enfer. »

D'un geste délicat et harmonieux, le corps battu et meurtri, d'une carafe d'argile de couleur rouge ma grand-mère fit couler de l'eau tiède sur les pieds de son mari en signe de docilité et de prière, et l'essuya à l'aide d'une serviette de soie de couleur verte. Elle lui embrassa les orteils.

« La femme est capable de troubler et d'allumer deux cents hommes », ajouta mon grand-père.

En piochant dans son gros nez, il poursuivit sa parole :

« La femme n'est qu'une démangeaison. Plus tu la grattes, plus elle t'irrite. Et plus elle t'irrite et plus tu la grattes. Et c'est justement dans cette irritation que sommeillent son pouvoir de fascination, son attrait et son ensorcellement. »

La bouche bée, ma grand-mère écouta profondément son homme, sans pouvoir lever sur lui ses yeux égarés dans le lointain.

« Par l'amour que tu portes à ton mari et à Dieu tu rentreras au paradis », disait mon grand-père.

Et ma grand-mère pensa à ce jour où elle avait trouvé par terre, foulée déjà par les pieds des passants, une feuille de papier sur laquelle était inscrit en arabe : *Le nom de Dieu, Allah*. Elle avait ramassé la feuille, l'avait embrassée religieusement et l'avait glissée dans la fente d'un mur.

Les gens de la tribu disaient, ceux qui ont de longues langues, qu'après l'assassinat de ma grand-mère sur les lieux saints de l'islam, Imrane, mon père, avait reçu une grande somme d'argent en dollars, provenant d'une banque américaine. Cela était-il vrai ? Personne dans nos alentours n'avait pu confirmer ou démentir cette information. Imrane ne parlait plus de la mort de ma grand-mère. Son corps ne fut pas rapatrié ni celui de l'esclave libéré. Les gens firent sur elle la prière de l'absent et mon grand-père lui-même construisit un tombeau symbolique en vrai marbre artisanal, tombeau de l'absente. La mort de ma grand-mère suscita une guerre entre mon grand-père et mon oncle qui réclama une part d'argent.

Ainsi donc, c'était cela, et ce qui devait arriver arriva !

Sonate XVI
L'Appât

Un homme a besoin d'une femme
qu'il puisse gruger, à qui il puisse mentir,
avec qui il puisse coucher.
NURUDDIN FARAH

Ils étaient deux, ce soir-là de son départ, dans sa fugue et son errance.

Assis l'un près de l'autre, l'œil dans l'œil, l'oreille prêtée au sable, Caïn regardait Balkiss. Ma mère était un oiseau rare, à la démarche souple, aux belles hanches en harmonie, aux cheveux noués dans un foulard à fleurs, dont un pan retombait sur son épaule. Ce qui servait de porte de la tente n'était qu'un morceau de tissu qui pendait du haut juste pour cacher ceux qui sont à l'intérieur. Elle buvait dans ses mains quelques gorgées d'une boisson sucrée. Elle contemplait ses mains, les yeux noirs paraissaient hautement étincelants, ardents, filtrant une grande douceur d'un feu divin :

Et ma mère parla la langue des abeilles :

« J'aime tes mains blanches religieuses, angéliques et sensuelles », dit-elle.

Doucement elle lui versa une voix mielleuse dans le creux de son oreille. Une voix troublée et troublante qui n'habite aucune autre gorge, pas d'autres cordes vocales :

« Promets-moi que tu reviendras, un jour, un jour. »

Mon père, qui ressemblait parfaitement à mon grand-père, murmura sans se retourner, les yeux entre les pas et dans la boue d'un silence crépusculaire :

« Je te promets. J'aurai des tas de choses à te raconter ! Des histoires sur les lions, sur les gazelles du grand Sahara, sur les hommes bleus, les nomades, sur… »

« Et je te demanderai : elle est comment la fin du monde ? »

« Elle est comme la profondeur de tes yeux ! »

Puis comme l'errant vers un archipel d'infini, mon père remit ses pas dans ses pas, pointa sa canne vers le sud du sud.

Tout droit ! À pied, pas à pas, il prit son chemin dans le délire. Avec les premières lueurs du jour, il disparut ! Il avança sur la peau vivante d'une dune, dans l'odeur et les plis de son histoire, étranger dans sa vie, étranger dans sa mort !

« Tiens bon », dit la belle femme, ma mère, qui s'amusait en tressant sa longue natte.

La fin du verbe !

Le tintement des joyaux annonça le commencement d'un voyage où sur le lever du jour et la fin d'un autre se cognaient le regard et l'ardent désir d'un père qui n'avait d'égal que le prince Boabdil de Grenade ! Une flamme le consumait à petit feu, semant le trouble en lui, dans ses tréfonds, dans ses replis.

De nouveau, il faisait jour, toutes les étoiles étaient tombées du ciel, et puis plus rien que le silence et le silence et le vent qui balançait les rideaux des tentes Puis il fit un autre jour. Puis un autre... Et mon père ne cessait d'avancer dans l'odeur du désert et dans les plis du chant du silence brouillant et crieur, sous un soleil qui, à son tour, cheminait dans la peau jaune des dunes.

Balkiss appartient à la rose des sables. Un appât.

Et lui, comme il s'approchait, il s'éloignait.

Entouré par quelques hommes, je le regardai. Il était dans son silence comme plongé dans une prière ou dans une méditation. Ils formaient une longue rangée droite. Quelques mètres séparaient l'un de l'autre. La canne à pêche à la main, face à un vaste terrain de sable doré, Caïn était assis sur un banc en palmes. Il pêchait !

Oui il pêchait !

Au début je pensais que mon homme avait perdu la raison. Les autres, eux aussi, pêchaient. Eux aussi avaient des cannes à pêche à la main. Et, comme lui, ils étaient assis sur des bancs en palmes ou en alfa. Les pêcheurs, d'un geste identique, bien mesuré, lançaient leurs cannes sur la surface jaune du sable, dont l'hameçon était alimenté d'un appât, une sorte de mouche bleue importée d'Inde ou d'Iran. Autour de cette mouche s'était développé un grand commerce et créée une célèbre route dans le grand désert, appelé « la route de la mouche ». En silence et en paix, ils buvaient leurs verres de legmi et, en quiétude, les pêcheurs fumaient leurs pipes de haschisch.

Dans la Cité d'Allah le Beau, la pêche était permise une fois par mois. Les hommes seuls avaient le droit à cette pêche. Les femmes quant à elles avaient le droit à la chasse qui, elle, était permise quatre fois par an. Le soir, le panier plein de poissons sableux, dont je n'ai jamais vu cette espèce, je demandai à Caïn de m'éclairer sur le secret de cette pêche :

« *Et… Machaho ! tellem chaho !**

*Kane ya ma kane !***

Il était une fois :

La Cité d'Allah le Beau fut attaquée par un nuage sans fin de sauterelles. C'était une année dure, une année de sauterelles. Il plut des sauterelles et des criquets. Le ciel au-dessus de nos têtes, et durant trois semaines, resta gris et terne. Les femmes, prises par une peur sans égale, avortèrent toutes. Ce soir-là, j'appelai Balkiss, l'autre Balkiss. »

Et ma mère leva son regard en feu vers Caïn. Elle avait ressenti un pincement fort de jalousie, un tremblement.

Sans prêter grande attention à son regard en flammes, mon père continua :

« Je lui ai demandé de se déshabiller. Nue, j'ai contemplé durant toute la nuit son corps qui avait la forme d'une sirène. J'ai passé cette nuit-là, tantôt le regard posé sur le beau corps de Balkiss, l'autre Bal-

---

* Expressions berbère et (**) arabe signifiant : « Il était une fois. »

kiss, tantôt enfoui dans mes livres et mes manuscrits. Et comme ça, par le hasard des hasards, je suis tombé sur un livre extraordinaire intitulé *La Médecine et la Sagesse*, d'un grand écrivain appelé Jalal eddine Assayouti, un passionné d'œufs, de mers et de femmes, qui décrit en détail les qualités et les caractéristiques des sauterelles de mer. Le lendemain, en hâte, j'ai chargé un de mes collaborateurs d'aller à la recherche de cette espèce de sauterelle de mer, vivante. Cheminant sur la route secrète tracée et notée par les rebelles, les Karamites, ceux qui ont volé la Pierre noire sacrée de la Kaaba, sur sa monture, une chamelle jaune, l'envoyé avait en sa possession deux grands sacs de neige : un sac de neige noire et un autre de neige bleue.

Mon envoyé a pu atteindre la mer en cinq jours et cinq nuits. Et à son retour il nous a apporté la sauterelle de mer, appelée aussi crevette. Et par une longue séance de méditation sur le corps de Balkiss, l'autre Balkiss, qui a duré sept nuits, j'ai réussi à féconder la sauterelle de mer en l'accouplant à un mâle sauterelle du désert. J'ai passé des heures et des heures à regarder les petites bêtes faisant l'amour avec appétit, voracité et charme. J'ai niché les œufs fécondés de la sauterelle de mer dans le vagin de Balkiss. Et au bout de vingt-cinq jours, elle a commencé à ressentir une démangeaison intérieure. Puis, par une soirée où je lui ai fait l'amour par l'oreille, dont le creux était identique au sexe féminin, des petits vers bleus sont sortis de son vagin, empochés dans des chrysalides en soie. J'ai été heureux et évaporé. J'ai placé les chrysalides dans un bocal en verre. Je ne leur donnais à manger, selon les recommandations du livre de *La Médecine et la Sagesse,* que du sperme frais, uniquement du sperme frais. Et après quinze jours de vie dans le bocal en vrai cristal, j'ai enterré les vers dans le sable.

Six mois après, le sable a commencé à bouger sous nos pieds. Ainsi, nous avons commencé notre première saison de pêche. Et depuis, notre Cité d'Allah le Beau est devenue noble par cette espèce de poisson née de la fécondation des œufs des crevettes par des sauterelles. Et depuis, notre cité n'a jamais été attaquée par les sauterelles. Et pour célébrer cette espèce, on lui a donné l'appellation suivante : la Jarambari, ce qui veut dire « la Cresautelle » !

C'est un poisson recommandé pour améliorer la force des rêves et la capacité sexuelle masculine, dont nos hommes souffraient énormément, surtout après la mort de l'horloger Loth.

La consommation de ce poisson était catégoriquement interdite aux femmes. Il était servi aux hommes, et uniquement aux hommes.

Cette nuit-là et pour la première fois, en cachette, ma mère osa goûter la « Jarambari ». Une femme mangea la « Jarambari » ! La malédiction !

Et doucement, en pleine nuit, ma mère quitta sa tente pour enfin commettre ce qui était son rêve, son beau rêve : manger le foie cru de Balkiss, l'autre Balkiss, sa rivale.

Un cri dans le désert ! Et Balkiss tua Balkiss.

Sonate XVII
Parfum du mâle

Le désert n'engendre pas que le vent.

J'avais quinze ans, peut-être seize. Et j'avais mes deux seins pleins de séduction. Mon parfum et mon rêve, je les avais cette nuit-là où j'ai décidé d'embrasser et de serrer mon oncle Abel dans mes bras et de le laisser jouer avec mon sexe humidifié. Je ne suis pas sûre de tout cela, mais ce qui est sûr, c'est que mon oncle était là, dans la zriba, l'écurie. Et moi aussi j'étais là.

Mais Abel avait son histoire, ses femmes et son charme. C'était un charmeur, le feu et l'orage !

À quarante ans, l'âge de la prophétie et de la sagesse, et depuis le jour où mon père était descendu dans sa fugue, dans son sud du sud, dans sa géhenne, Abel achetait et vendait : des chevaux, toutes races de chevaux, des poèmes, huit sortes d'alfa de l'Atlas berbère ainsi que trois sortes de sables : sable de rivière (sable doux), sable de plage (sable salé) et sable du désert (sable chaud), ce dernier étant utilisé pour le hammam saharien, sauna de sable, recommandé pour traiter sept maladies sexuelles, en particulier la stérilité masculine.

Ce soir-là comme les autres soirs précédents, je le rencontrai dans la zriba. Et ce soir-là, dans ses bras, Abel se versa dans la soie de la parole :

« Grâce au marché de sable j'ai fait la connaissance de cette Allemande corpulente pleine de graisse et de politique. Une Allemande, une paire d'yeux sommeillant dans un bleu clair, qui tentait d'écrire, dans sa langue qui n'est pas la langue du paradis, ni la langue d'Allah, un livre sur la vie d'une écrivaine suissesse passionnée du désert et des sexes musulmans, sur le sable et les lézards. Un beau livre, disait la femme roumia, illustré par des photos de roses des sables, de dunes, d'ergs, de lézards, de grandes verges circoncises, de minarets, de ciels sans tache, d'acacias, de chameaux, de chèvres, de femmes touarègues, d'hommes bleus, de selles de chevaux, de tentes, d'yeux noirs... Un livre semblable à ceux offerts en cadeau de Noël ! »

Abel me regarda dans les yeux. M'embrassa sur le cou. Puis doucement, et comme chaque soir, il m'attacha par les mains et par les pieds au tronc d'un vieux dattier, avec une corde de laine. Je regardai les gestes de ses mains, les trois nœuds du fil. Puis il me déshabilla. Il se mit par terre, non loin de moi, avec appétence et avidité il leva un regard plein de secret et d'étincelles vers mon corps qui, un soir après l'autre, grandissait, poussait dans la volupté et la jouissance. Il resta comme ça jusqu'au petit matin. Et puis d'un geste pieux, il me détacha les mains et les pieds. Je contemplai ses doigts en train de défaire les trois nœuds, l'un après l'autre. Il m'embrassa, cette fois-ci, sur la bouche et sur mon sexe petit et imbibé.

Je n'avais jamais rompu le fil de laine ni le regard d'Abel ni sa prière.

En paix, ma tête posée sur son sexe, mon oncle me raconta :

« Elle était romantique, dans la manière de faire l'amour ou de boire son vin rouge, de manger les dattes ou de s'habiller, cela se reproduisait, depuis que nous nous étions connus, depuis que nous nous étions rencontrés, elle n'oubliait jamais de me raconter l'histoire d'un film qu'elle avait vu, il y avait onze ans, dans une salle de cinéma à Colomb-Bechar, ville du sud, porte du désert et capitale de la Saoura, la perle du Sahara. C'était un film déchirant et larmoyant qui retraçait la vie d'un couple qui avait choisi de vivre dans un désert où, pour la première fois, il avait neigé très fort pendant sept jours. Un film où il n'y avait que des animaux et du sexe, n'importe quoi ! Elle se souvenait de tous les noms des acteurs et actrices en détaillant, avec précision et exactitude, une séquence où les deux héros, une jeune femme, une comédienne sans grand génie, une Slave avec une peau blanche de cire, un corps de neige chaude, et un jeune homme, un comédien italien ou albanais, à la peau brune pleine de sexe, de force et de soleil, faisaient l'amour en pleine forêt d'alfa désertique et sous une pluie tombant à verse. La comédienne haletait, hurlait, gémissait, et l'homme était silencieux, pieux et, dans sa réticence, son silence et son calme, n'hésitait pas à sortir une cigarette, l'allumait difficilement à l'aide d'un briquet imprimé d'un drapeau, et regardait la pluie violente et le ciel perdu dans une grisaille maussade, où tout était grognon, triste, insignifiant et lugubre. Quelle foi dans le regard. Il faisait l'amour en priant et en fumant. Il voyait le corps de la femme goutte à goutte. »

Mon oncle, de temps à autre, perdait sa langue, et les choses et les personnes s'entrecroisaient dans sa tête. Ainsi, il me parlait tantôt de ma mère tantôt de la femme roumia.

Au seuil d'un beau corps, sur ses frontières magiques et ses dunes vertigineuses, des guerres féroces et cruelles éclatent entre les hommes qui s'efforcent de dissimuler leurs jalousies et leurs larmes !

Abel, un don de dire et de délire, quel abîme de douceur ou de douleur dans ses mots ! Et dans un discours poétique, il se déversa dans les détails d'une histoire : cette Allemande qui ressemble à ta mère aimait le caractère aventurier et audacieux d'Isabelle Eberhardt. En pleine jouissance et extase, haletante, elle ne cessait de me réciter par cœur de longs passages de ses livres écrits sur le désert, l'islam et sur ses amants :

« Deux années plus tard, il me fut donné, pendant des mois, d'assister aux journalières douceurs des aurores et aux apothéoses variant à l'infini des soirs… Chaque reflet revenant, tous les jours, sur tel ou tel dôme, glissant sur tel ou tel pan de mur croulant, chaque ombre s'allongeant au même endroit et à la même heure, chaque maison de la ville et chaque pierre du cimetière m'étaient devenus familiers, mais jamais plus l'âme du pays de sable ne s'était révélée à moi comme ce premier soir. »

Cette écrivaine genevoise d'origine russe qui, à cause de ses deux amants, un Tunisien et un Algérien, n'importe quoi !, n'a pas hésité à se convertir à l'islam.

Et sous un ciel sans pareil, la lumière éclatante d'un soleil sans égal, elle s'ensevelit dans un nom masculin, « Si Mahmoud ». Et au bout de quelques mois sa langue tourna dans la langue arabe, langue d'Allah et de son Prophète – que le salut soit sur lui et sur ses compagnons. Celle que Dieu avait créée sensuelle et pleine de sottises, quittant Genève pour se trouver sur le quai d'une ville méditerranéenne lumineuse et chaude, débarqua, comme ça, par un long jour où la sieste était débordante, à Bône.

« Je n'aime pas les histoires sur les femmes roumies. »

Quand je suis jalouse de cette roumia pendue à la langue de mon oncle trempée dans du vin, habitant son histoire et ensevelie dans la soie de ses mots, je baisse mes yeux. Je me brûle. Je m'incinère. Abel changea l'histoire et doucement, il posa sur mon cou un long baiser.

Je ressens son baiser comme une braise.

Il boit mon corps, sirote son verre de legmi et

raconte. Abel vit dans la soie de la parole et habite mon corps nu ligoté à cette barre.

Son regard de léopard sculpté d'un noir corbeau se fond dans une histoire qui me torture, me tourmente, qui commence pour ne pas finir, l'histoire de cette Strasbourgeoise d'origine allemande, une folle amoureuse d'Isabelle Eberhardt et collectionneuse d'images de sexes circoncis.

« C'était un jour de juin, les jours de sieste et de désir charnel estival, dans une jolie petite campagne près d'un marabout de Sidi Ben Karim. Le marabout, depuis son koubba passé à la chaux et teint de bleu, la surveillait, c'est à l'ombre de ce saint qu'elle fut dépucelée par ce Khoja, ce n'était, peut-être, que mon grand-père, n'importe quoi ! Elle s'est donnée corps et âme à ce Khoja plein de lumière et de sperme... »

À l'insu de mon grand-père, ce soir-là, un autre soir, Abel et moi, l'un dans les yeux de l'autre, sur un divan de sable, quelques oreillers en plumes d'oiseaux, nos corps hennissaient fort, dans la zriba, autour d'une maïda, table orientale basse et ronde. Nous vivions des moments d'amour, de désordre et de folie avant que l'errance nous emportât !

Ce soir je refusais d'écouter l'histoire de l'Allemande. Je voulais mon histoire à moi :

« L'Allemande, elle aussi me demandait de l'appeler "Si Mahmoud". Elle n'avait pas le courage de se convertir à l'islam. Elle était juive de père et catho lique de mère. Elle était fascinée par le ski pratiqué par les gens du sud sur les dunes de sable jaune. Une sorte de sable qui ressemble à de la semoule d'or. Elle était aussi occupée par l'écriture d'un scénario sur la vie d'Isabelle Eberhardt. Elle avait appris, en six mois, l'arabe et le berbère, et elle avait appris quelques sourates du Coran et quelques poèmes d'amour écrits par le célèbre poète kabyle Mohand Ou Mohand. Elle était devenue mon esclave, ma possession absolue, ma chose ! Elle aimait en moi l'homme : le mâle ! la virilité ! le soleil et le goût du sel sur ma peau brûlante et poilue ! »

J'ai hurlé dans le désert :

« Je ne veux pas de cette histoire. Je veux la mienne. »

Avant de tomber amoureuse de mon oncle Abel, de ses soirées, de ses yeux et de sa profonde prière silencieuse, de sa méditation sur mon corps nu, comme toutes les filles des tribus, mon destin était de conduire, et ce jusqu'au jour du sang des règles, un maigre troupeau composé de trois chamelles, deux chameaux, onze chèvres laitières et trois boucs souvent accrochés aux rugosités du roc, dans les plaines arides d'alfa. Derrière ce troupeau, je rêvais d'aller vivre avec les loups et les chacals libres dans le désert profond et muet.

Quand mon oncle demanda à mon père de me faire entrer à l'école coranique, ma grand-mère, les oreilles bouchées, brailla : « L'école est une affaire d'hommes, de mâles. » Derrière ce troupeau j'avais appris à chanter, à tailler le meilleur roseau pour en faire des flûtes, à traire la chamelle, à monter l'âne, puis le cheval et ensuite mon oncle, Abel.

En cachette je chantais quelques versets coraniques, ceux que j'avais appris en prêtant l'oreille aux cris des enfants qui apprenaient à voix haute ce qui leur était écrit sur les tablettes. Surprise seule, la flûte entre les lèvres, chantant les quelques courts versets, ma grand-mère me gifla. La voix d'une femelle ne doit jamais chanter la parole de Dieu. La femme est l'image humaine de Satan. Elle est éternellement sale. La nudité et la fornication ! La malédiction de Dieu et de son Prophète ! Ma grand-mère, celle qui m'avait giflée, vérifiait chaque mois, ou plutôt tous les vingt-huit jours, cela durait depuis mes premières règles, mon torchon : un morceau de tissu de laine découpé d'un vieux manteau placé entre mes cuisses pour recevoir le sang menstruel.

Mon grand-père nous a réveillés de notre sucre !

Pourquoi les fourmis aiment-elles le sucre ?

Et puis il y avait une guerre entre mon grand-père et mon oncle, et puis il n'y eut plus rien : des jours de vent et des jours de pluie et des jours de rien, et puis il n'y eut plus rien que la canicule et l'ombre du ciel !

Sonate XVIII
Papillon

Écoutez le vin,
écoutez le coucher du soleil aussi !

Pourquoi les fourmis aiment-elles le sucre ?

Moi je m'appelle Hager ou, comme le prononce ma mère : « Hageeer ou Hageeerrr. » J'ai quinze ans, peut-être seize. J'aime le sucre, et le miel aussi !

Et… j'ai témoigné. J'ai conté le pays dont la géographie ne se trouve que sur les nuages, l'histoire de ma mère, qui en fait n'est que celle de mon grand-père et qui, en fait, n'est que celle de mon père et de mon oncle. À vrai dire, en somme, elle n'est que la mienne. Je vous ai raconté, qu'Allah accroisse vos biens et vous donne longue vie, l'histoire d'une terre, là où la neige, en quatre couleurs, poussait comme du coton, où les gens pratiquaient le ski sur des monts de sable jaune en grains d'or, où les hommes pêchaient dans le sable, et où les femmes parlaient la belle langue des abeilles, d'autres parlaient la langue des oiseaux.

Et moi j'avais aussi mes yeux et mes seins ! Et j'avais mon oncle et une mère jalouse et passionnée des cérémonies d'épilation orientale.

Alors, je range ma langue dans ma bouche, je la plie dans sa boîte. Je donne mes mains et mes pieds au fil de laine. Je fonds au feu du silence bouillant. J'habite mes souliers de vent. Une paire d'ailes pousse sur mes épaules !

Je fugue.

Ainsi donc, c'était cela, et ce qui devrait arriver est déjà arrivé !

Oran, Algérie,
juillet 2000-mars 2001

TABLE

Impression réalisée sur CAMERON par

BUSSIÈRE CAMEDAN IMPRIMERIES

GROUPE CPI

à Saint-Amand-Montrond (Cher)
en octobre 2001

Dépôt légal : octobre 2001.
Numéro d'impression : 014560/1.

Imprimé en France